優しさを切り捨てた結果として、黒木田レイはこの転生で勝利を収めつつある。古傷のように心の中に想い続けた純岡シトを、今、ようやく乗り越えることができる。
あの襲撃の日以来、シトの行方は杳として知れない。レイがどれだけ望んでも、シトが再び彼女の前に姿を現すことはなかった。

アリシア

（……本当に打つ手が
なくなってしまったなんてことは、
ないよね。シト）
黒木田レイ

シトと同時にもう一人の転生者も、この最終決戦の地へと踏み込んでいた。純岡シトとはまた異なる、そして同様に困難な道筋を踏み越えて。
互いに交戦を避け続けてきた彼らがこの世界において直に相対することは初めてだったが、それでも鬼束テンマが成し遂げた転生の厚みが、ありありと分かる。
「鬼束テンマ」
純岡シト

「――やあ。テンマ。シト」
「二十八年。この時を待ち望んだぞ、純岡シト」
鬼束テンマ
天声霊アーズ

CONTENTS

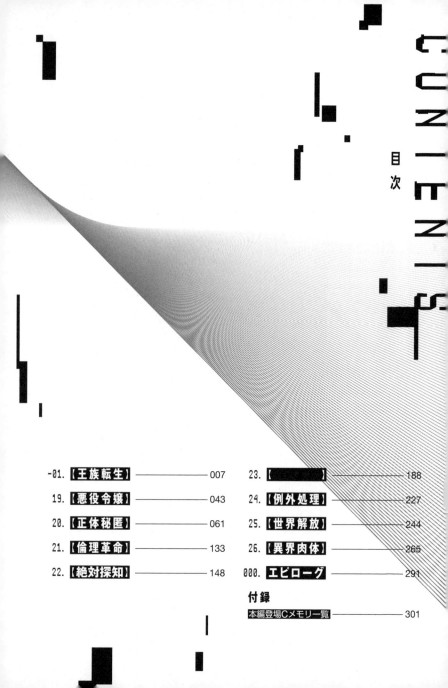

目次

-01. 【王族転生】

２０ＸＸ年。異世界転生の競技人口は、約一億人である。

我らが純岡シトが戦う異世界全日本大会決勝トーナメント――時はその一年前に遡る。

轢殺用の専用筐体を有する異世界転生は全国のゲームセンターでも遊ぶことができ、限定的ながら家庭用の筐体が普及してもいる。しかし子供用ホビーとしての側面を持つ異世界転生の主戦場は、やはりデパートやおもちゃ屋であった。

腕に装着する異世界転生用デバイス、ドライブリンカー。そして異世界における絶対的なＣスキルをカスタマイズする小型カートリッジ、Ｃメモリ。そうした異世界転生関連商品を取り扱う売り場に併設されたゲームコーナーは、商品を購入してすぐに異世界転生の対戦を楽しめるだけでなく、低年齢層から気軽に触れることのできる、競技コミュニティの入口でもある。

――駅前中央デパート五階、ゲームコーナー。

「うわあああああ！」

異世界転生筐体の中から転がり出た少年達が口々に発していたのは、恐怖の叫びだ。

「か、か、怪物……」

彼らが恐れていたのは異世界の怪物ではなかった。このゲームコーナーの日常ではあり得なかったはずの、この世界の異物に対する怯え。

「怪物だ、こいつの強さは……！」

「――そうだよ」

少年達の隣のレーンから姿を現した転生者は、中学生の少女だった。細身だが大人びた、整った容姿。首の高さで二つ結びにした黒髪。

閉じた唇の両端を吊り上げるような微笑みは、見る者に真意を悟らせることがない。

「ぼくは異世界転生の天才だからね」

少女の名は、黒木田レイといった。この年の新人大会――中学生異世界選手権大会において圧倒的な実力で優勝を飾った、経歴不明の転生者。

彼女がこのゲームコーナーに訪れたことには、深い理由があったわけではない。

自分と戦えるレベルの転生者を探して沿線上の街を順番に巡り、その街の転生者のコミュニティを一つずつ倒していく。

自分自身の無敵さを確認するためだけの、虚しい遊びだ。

（この地区は……とりあえず、大葉ルドウ辺りが来るまでは続けようかな。大葉ルドウもたぶん、ぼくと戦えるような転生者じゃないだろうけど……）

今の黒木田(くろきだ)レイには、ともに異世界転生(エグゾドライブ)を訓練できる仲間はいない。初めて出場した大会では優勝してしまって、自分と対等に戦える誰かが本当にいるのかも分からなかった。

（例えば関東最強、外江(とのえ)ハヅキなら――）

「貴様が黒木田(くろきだ)レイか？」

背後から、レイを呼び止める者がいた。尊大で、冷たさすら感じさせる口調である。

「……貴様？」

レイは振り返って、その相手を見た。細身で銀髪の少年である。

彼女と同じくらいの年頃の、このゲームコーナーでは初めて見る顔だ。

「初対面の相手に失礼だね。君の名前は？」

「純岡(すみおか)シトだ。貴様に勝負を挑みに来た」

「ふ」

思わず笑ってしまう。

黒木田(くろきだ)レイのことを知っていて、それでも挑んでくる相手がまだいたとは。

「――身の程知らず」

「……」

シトと名乗った少年は、レイの微笑みにも竦(すく)むことがない。

彼は異世界転生(エグゾドライブ)筐体の前に立った。

「世界脅威レギュレーションは『政情不安』を希望する。貴様の方はどうだ」

「……ふふ。本気かい？　内政型はぼくが一番得意な転生スタイルなんだけどな。政情不安の国取りじゃ、きみは勝てないよ」

「ならば問題ないな。レギュレーションは『政情不安B』だ」

「……いい度胸だね。わざわざ敵の得意なレギュレーションを選ぶんだ」

「そうでなければ、訓練にはならん」

「……？」

訓練。表の世界の転生者(ドライバー)の子供は、普通そのような言い回しはしない。大会レベルの転生者(ドライバー)でもない限り、異世界転生(エグゾドライブ)はただの遊戯であるはずだからだ。

「いいよ。なら、C(チート)メモリはフルシークレット制でいこう」

「了承した」

シトもレイも、迷わず四本のC(チート)メモリを選んだ。

レイは異世界転生(エグゾドライブ)筐体のレーンに立ちながら、横に並び立つシトの顔を見ている。真剣な表情に見えた。

（……）

とても気になる。これまで見てきたどの転生者(ドライバー)とも違う。レイに似ているからそう思うのかもしれない。……あるいは、むしろ正反対なのか。

ディスプレイの中では、試合開始までのカウントが進んでいく。

「レディ」

「……レディ」

転生が始まる。無意味な思考や迷いを捨てなければならない時だ。

レイは顔を上げる。巨大なトラックを模した轢殺ブロックが、眼前にある。

「「エントリー！」」

そして轢殺ブロックが電磁力射出！

ドライブリンカーが衝撃力を転生エネルギーへと変換、二人を同時に異世界へと誘う……！

♯

大シャクジミル王国。この異世界を統一し、数百年の長きに渡って支配した超巨大国家は、終焉（しゅうえん）の時を迎えようとしていた。王国政府は広がりすぎた領土を十分に管理することができず、巨大な権力の後ろ盾を持つ各地領主の腐敗や暴虐が日常的に横行し、そうでない有力者は王国に反旗を翻すその時を虎視眈々（こしたんたん）と待ち構えていた。

加えて、辺境領土の境界では魔族で構成された蛮族国家との終わりなき戦争が続いており、民の疲弊と不満、そして辺境領土の荒廃は限界に達しつつある。

まさしく爆発寸前の政情。

発展した魔法技術によって、大量破壊兵器級の攻撃術が個人でも行使可能となったこの世界において、未曾有の世界大戦の勃発がもたらす結果は、即（すなわ）ち世界の滅亡に他ならない。

世界脅威レギュレーションは『政情不安B』。シト達が打倒すべきはこの政治的緊張と、不安定な支配形態だ。

「……」

シトは目を開ける。この世界に転生してからはいつも、目覚めて最初に見る光は金色だ。

……金。部屋の調度には本物の金や宝石があしらわれ、一つ一つが途方もない価値を持つ美術品が壁際を埋め尽くしている。

それでも、この世界の王家の者としては質素すぎるほどのものだろう。我らが主人公純岡（すみおか）シトは、シャクジミル王国第三十一王子として転生（ドライブ）していた。

シト・サイセ・シャクジミレア。転生（ドライブ）から九年の時点であった。

起き上がり、寝台の横の備忘録を読み返す。子供の書いた字とは思えないほど整然とした文字が、隙間なく何百ページと並んでいる。

（この世界の状況は、おおよそ把握した。どれほど混乱した政情であれ……転生者（ドライバー）は交渉において絶対的な効力を持つC（チート）スキル【超絶交渉（ハイパーコミュ）】を使うことができる。全国大会クラスの転生者（ドライバー）

ならば、Bランク政情不安の世界程度は【超絶交渉】一本だけで救済可能だろう――が）

備忘録のここ数週間の記録は、分家筋や養子も含めた、現在のシトが調べられる限りの同年代の王族や貴族の情報だ。

（これはあくまで、救済の速度を競う試合だ。俺のCスキルは【王族転生】。内政型戦術にもっとも適性の高い王族として転生することができる……そして調査した限り、少なくとも黒木田レイが王族に転生している様子はない。王族であるということ。これが、現時点で俺が黒木田レイに対して持つ優位性の一つだとはっきりした）

無論、第三十一王子という継承順位は、決して強権を振るえるとは言えない。【王族転生】の転生先には多少のランダム性はあるものの、総じて継承順位の低い者に転生する傾向がある。

異世界転生の初心者の中には、【王族転生】の効力を物足りないと考える者もいる。

そして、ここから三十人の上位継承者をIP的に屈服させた上で、異世界の実権を握る転生スタイルを取ることだろう。【王族転生】型の基本的な戦術だ。

――だが異世界転生という戦いにおいては、立場が低いということがむしろIP獲得のための武器となり得る。純岡シトはそれを理解した上で動く。

「転生から九年時点の内政型では、お互いIP的に大きな動きはできない。故に俺はまだ黒木田の転生体を特定できていない……が、黒木田の方は王族の俺を認識しているはずだ。内政型同士の戦いでは、読まれやすい動きを取る以上の悪手はない――」

故に、悪政を敷き不正を働く上位継承者に対しても、シトは今なお攻撃を仕掛けずにいた。

二毛作の普及や税制の統一を行い、【超絶交渉(ハイパーコミュ)】の駆使によって領民からの支持を強固に育て、黒木田(くろきだ)レイが何らかの謀略を仕掛けてきた際に対処できるように構えている。

「……俺は動くべき時を待つ。それだけだ」

【王族転生(ブルーブラッド)】の優位性は、王族として生まれることができるということ。

しかし結果として、純岡(すみおか)シトが王族として成り上がることはなかった。

この年のうちに、シトの置かれる状況は大きく一変することになる。

◆

「革命だって……!?」

同じく転生から九年目時点で、黒木田(くろきだ)レイは使用人からその衝撃的な一報を聞いた。

レイ・アリアーデ。彼女は、この世界の名門一族アリアーデ家の長女として生を受けている。

「はい。貴族連合に王都が包囲され、王国軍は王都から敗走したとのことです……！」

「……貴族連合はいい。シト・サイセ・シャクジミレアの動向を探って。けれど、まさか転生者(ドライバー)が王族にいて、負けるなんて……」

信じ難(しんじがた)い。

純岡《すみおか》シトとは初対面だ。彼にどの程度転生の実力があるかも分からないが、転生者《ドライバー》が現地人に負けるなど、異世界転生《エグゾドライブ》を始めたばかりの初心者でもあり得ない。

自身と同タイミングでこの異世界に誕生し、かつ現地人ではあり得ない才覚や行動を見せた者については、既に調査を進めていた――第三十一王子シト・サィセ・シャクジミレアが対戦相手の純岡《すみおか》シトであることは間違いなかった。

（ぼくは、【令嬢転生《マイ・フェアレディ》】のC《チート》メモリで貴族令嬢に転生している。純岡《すみおか》くんだって同じように、【王族転生《ブルーブラッド》】を使ったからこそ王族に生まれたはずだ……）

初心者でもあり得ない。セオリー通りの戦術ではない。

ならば、残る可能性は一つ。

「……わざとだ」

「どうされました、お嬢様？」

「いや……こっちの話だよ。調査の件は、お願いね」

怪訝《けげん》な表情を浮かべる使用人から離れ、邸宅の廊下を歩きながら敵の戦術の考察を進める。

（純岡《すみおか》くんは……後の展開を見据えて、IP損失の倍率も少ない序盤に意図的に負けた……としか思えない。けれど、何を狙って？　革命の成立をむざむざ許してしまうなんて、C《チート》メモリのスロットを自分から無駄にしているようなものなのに……）

【王族転生《ブルーブラッド》】と【令嬢転生《マイ・フェアレディ》】は、転生体《アバター》の家柄の初期条件を定められるという点で、非常に類似したCメモリ(チート)である。ただし【令嬢転生】(マイ・フェアレディ)には貴族の生まれに加えて内政型向きの成長スキルツリーの保証がある一方、【王族転生】(ブルーブラッド)には王族として生まれる以上のボーナスはない。

その代わり、王族内で上位にのし上がるという道筋が明確な【王族転生】(ブルーブラッド)は、内政型メモリとしてはよりビギナー向きのモデルといえる。

（……それに、革命を起こした貴族連合の動きを貴族のぼくが察知できなかったのも、妙だ。名門のアリアーデ家に一言の相談もなしに、独断で？　行動が迅速すぎる……稚拙と言ってもいい。それでいて、そんな雑な蜂起で王都を陥落させてしまうほどの力はある……）

使用人から受け取った多数の手書新聞の内容を確認する。

それぞれの領地の手書新聞ごとに内容は食い違っており、噂(うわさ)や憶測すら混じっているが、優れた転生者(ドライバー)ならば、そのような情報の中から正確な現状を理解するスキルを早期の時点で伸ばす。黒木田(くろきだ)レイも、九年目の時点で〈文化把握B＋〉と〈情報読解B〉を保有していた。

「……やっぱり。貴族連合って言っても、一部の家が結託して、他の家に相談を持ちかけずに動いたんだ……だからアリアーデ家のぼくが事前に察知できなかった」

王都は陥落したものの、シトを始めとした王族の大半はその場を逃げおおせた。少数の家だけで動いたために、王都軍を撃破する戦力が足りていても、兵士の数が足りなかったのだ。

「しかも蜂起した家々に強い関連性は見えない。貴族ですらない者も混じってる。……分かった。こいつらの正体が……」

九年目。転生者(ドライバー)にとっては試合序盤と言ってもいい時点で発生したイレギュラー。

……だが、序盤にこのような行動を起こす集団を作り出すＣメモリ(チート)が存在する。

現時点の情報から、レイは純岡(すみおか)シトの三つのオープンスロットを推理できる。この世界を攻略するための【超絶交渉(ハイパーコミュ)】。王族に生まれるための【王族転生(ブルーブラッド)】。そして、もう一つ。

「――【集団勇者(フラッシュモブ)】。まさか、純岡(すみおか)シト……ＮＰＣに革命を起こさせたのか……！」

◆

純岡(すみおか)シト　IP10,202　冒険者ランクＢ
オープンスロット：【王族転生(ブルーブラッド)】【超絶交渉(ハイパーコミュ)】【集団勇者(フラッシュモブ)】
シークレットスロット：【？？？】
保有スキル：〈王の血統Ｂ〉〈未完の王器Ｂ＋〉〈王宮文化Ａ－〉〈市井文化Ｃ〉〈交渉Ｂ－〉〈統一法学Ｃ＋〉〈王国語Ｂ〉〈新王国語Ｃ〉〈戦術指揮Ｂ〉〈鑑定Ｃ〉他７種

黒木田(くろきだ)レイ　IP11,155　冒険者ランクＢ

オープンスロット：【令嬢転生（マイ・フェアレディ）】【超絶交渉（ハイパーコミュ）】【無敵軍団（ネームドフォース）】
シークレットスロット：【？？？】
保有スキル：〈交渉Ａ＋〉〈礼儀作法Ｂ〉〈魅了Ｂ－〉〈文化把握Ｂ＋〉〈情報読解Ｂ〉〈王国語Ａ〉〈新王国語Ｂ＋〉〈蛮族語Ｃ〉〈弁舌Ｂ〉〈扇動Ｂ〉〈カリスマＢ＋〉〈鑑定Ｃ＋〉他７種

◆

王都は陥落し、武器を持たぬ市民達は、ほとんど抵抗の余地もなく新たな支配者に服従した。形勢不利と見て我先に敗走した王都軍をはじめとして、彼らは大シャクジミル王国への忠誠心など、ほぼ持ち合わせていなかった。

慢性的な絶対王政への不信感。それ故の政情不安がこの世界全土に蔓延（まんえん）している。そしてこの革命こそが、世界が新たな戦乱の時代に突入していくきっかけとなるかもしれない。

革命の首謀者達は、今は王宮の中にいる。

「ヒャアハハハハ！　まったく、簡単すぎて拍子抜けしちまったぜ！　ちょっとチートを使うだけで王国まで俺達のモンになっちまうなんてなァ！」

下卑た笑い声からは想像もできないことだが、首謀者と思（おぼ）しき三人は、全員が児童だ。それも、九歳から十歳ほどの年齢である。

玉座に無遠慮に背を預けながら、その内の一人が呟く。

「全員とっとと逃げちまったから、歯ごたえがなかったな……。俺の『自在爆破』だって、もっと大量の連中をまとめて始末できるスキルだったはずだ。せめて純岡のヤツの泣きっ面くらいは拝んでみたかったもんだがな」

「ヘッ！　今回でアイツも自分の身の程を思い知ったんじゃねーのか？　大したスキルも持ってねェのに王族に転生なんて生意気だよなあ～？」

「違いない」

「ヒャアハハハハハハハハ！　俺の『魔剣生成』でぶった切ってやりてェなァー！」

彼らは本物の転生者ではない。かといって、この世界に生きる現地人でもない。自由意志なき人型オブジェクトとして、特定のアルゴリズムで行動しているだけのNPCだ。転生と同時に、使用者に敵対的かつ手頃な実力のIP獲得の餌を大量に用意する――Cメモリ【集団勇者】によって生成された存在であった。

「さァ、これからは俺達の天下だ！　せっかく転生したんだ、第二の人生は好き放題にウギャアアア――ッ!?」

哄笑を突如遮る爆発音！　既に陥落していた王宮は、物理的にも崩落した！

「「な、なんでェェエエエ～ッ!?」」

◆

王都の地下。複雑な自然洞窟じみた空間に身を潜める二人の少年がいる。一人は我らが純岡シト。そしてもう一人は、第二十二王子レッカシオ・ツェル・シャクジミレアである。

「……時刻通りに成功したな」

シトは地面に耳を当てている。

地響きとして伝わってくる振動だけでも、王宮に仕掛けた爆薬が一斉に爆発したことは把握できた。軍が撤退した後、一日の時間をおいて玉座の間直下の支柱を破壊する。【集団勇者】の行動アルゴリズム上、NPCだけを狙って始末できたはずだ。

ドライブリンカーに大量加算されたIPを見て、シトは作戦成功を確信する。

「あ、あ、あの」

第二十二王子は死にかけの小鳥のような呻きを発した。

「シ、シト、ほんとにやっちゃったの!? 400年の歴史がある広間だったんだよ!?」

「566年だ。勉強が足りないな、兄上」

「そりゃ、シトに比べたらそうだろうけどさあ！」

第二十二王子レッカシオはシトよりも四つ年上だが、ひどく気が弱く、武芸や勉学に秀でた才能があるわけでもない。ドライブリンカーのステータス画面で把握できるスキル構成も、非常に凡庸だ。

「こんなことしたら他の王子達がどんな言いがかりをつけてくるか……！　ただでさえ王国が崩壊同然で、どんな怖い戦争が起こってもおかしくないのに……」

「……案ずるな兄上。この世界は必ず救済する。それは確定事項だ」

「くそっ、信じるからな……！　こんな大事件の共犯になっちゃったんだから、どっちにしろ一蓮托生（いちれんたくしょう）だ」

それでも、この国を荒廃させた政治中枢にいた者達とは異なり、愚かでも野心家でもない、数少ない王族の一人だった。

そして内政型戦術においては、単に自分一人が強くなるだけでは得られないリソースがある――それは、先に生まれた者が既に持っている勢力基盤だ。

レッカシオには、小さいながらもその基盤がある。また政情不安レギュレーションにおいては、救済を完了し元の世界に送還された後を見据えて、その世界を平和に維持するための為政者を立てておかなければ救済完了の判定が下されない。

（レッカシオを守り切ることが俺の勝利条件の一つ。本来はこの人材を守るために【英雄育成（トップブリーダー）】や【無敵軍団（ネームドフォース）】を搭載するべきだが――）

事実、黒木田（くろきだ）レイはそうしているかもしれない。後継者候補を守ると同時に、彼ら自身の成長を強化することで世界救済自体にも貢献する戦力に変えることができる。これらの他者強化系のC（チート）メモリは、内政型戦術における重要パーツだ。

（俺は【集団勇者（フラッシュモブ）】を選ばせてもらった。内政型の戦型でありながら……俺個人にＩＰを集中させ、貴様の動き出しより早く世界を救う！　中学生異世界選手権大会優勝者を上回るには、この俺自身がセオリーの戦術を乗り越えるしかないのだからな）

「……兄上。次に行くぞ。革命首謀者の目星はついている」

「転生者（ドライバー）か……。シトもそうだけど、とんでもない連中だな」

「これからは俺達が先手を取る」

王族に転生（ドライブ）したシトは、最初から民のほとんどに存在を周知されている。黒木田（くろきだ）レイはこれまで、シトの動向を一方的に把握することができていただろう。だがそれ故に、他に集団転生していた者達がいたとしても、その可能性が意識から外れる。

「――転生者（ドライバー）狩りだ」

シトは同年代の貴族や王族について徹底的に調査していた。言うまでもなく、この転生（ドライブ）初動を攻略するためだ。

◆

東方戦線。政権の混乱を見計らったかのように侵攻を始めたオークの小国家は、レイが率いる軍勢によって討伐された。レイは蛮族である彼らに対して和平交渉を行い、自らの勢力として編入している。レイの実力ならば造作もないことだった。

王国史上初の蛮族との和解を実現した若き貴族令嬢として、レイの名声はますます大きく高まっている……だが。

「純岡(すみおか)シト……」

司令部の中で、レイは一人で椅子に腰掛けている。

壕(ごう)を活用したこの司令部は、東方特有の強烈な日差しを遮ってくれる。近くには清潔な水源もあり、レイのような少女がこうして前線に出られるほどに快適な環境ではあった。

しかし彼女の頭を悩ませているのは、もはや大勢が決した蛮族との戦争ではない。

（……ぼくは勝っている。ＩＰ上は先行されているけれど、それは【集団勇者(フラッシュモブ)】のブースト分で、長期的なゲームプランではまだ純岡(すみおか)くんの上を行っているはずだ）

現に、レイは今回の戦いにも勝利した。彼女のオープンスロットには、配下の召使(オプション)十数名程度を選択して成長速度を強化するＣメモリ(チート)【無敵軍団(ネームドフォース)】が装填されている。戦闘にもつれ込んだとして、勝利を得ることは容易い。

戦争での勝利で得られるＩＰは莫大だ。それでも、勝つためには戦闘スキルを伸ばす必要がある。【無敵軍団】で強化できる召使の人数には限りがあり、戦闘人員と内政人員の配分も状況に応じて考え続けなければならない。

（ぼくがこうして戦いに勝ったこと自体が、きっと純岡くんのゲームプランだ――革命が起こって、大シャクジミル王国政権は事実上崩壊してしまっている……辺境貴族は王都に頼らず自分自身で蛮族に対処するしかなかった。本来なら外敵への対処を王族側である純岡くんに押し付けて、召使の内政スキルをもっと集中して伸ばすことができたはず……）

本来はこの戦いの負荷のいくらかを王族に担わせることができた。そうした状況を整える交渉の駆け引きこそ、レイのもっとも得意とする分野だったのだ。

黒木田レイは、政情不安のレギュレーションにおける【王族転生】は、有効な手に見えてむしろ悪手であると考えている。その世界は王国の運営が困難だからこそ、政情不安世界として定義されているのだから。

広大すぎる領土の運営状態を内側から立て直す事業は、所要時間に比してＩＰ効率が悪い。貴族として領土に善政を敷くのであれば、領民は自分の顔を見知っており、行動はＩＰの獲得に直結する。だが国家全体が良い方向に向かっているかどうかは、大半の国民は実感することもなく、実感したとしても、それが特定の人物の功績であると認識することが難しい。

功績の影響範囲が広ければ広いほど、影響人数比のＩＰ獲得量は少なくなる。故に転生（ドライブ）序盤は常に、近い範囲から始めるべきだ。それは異世界救済の大原則でもある。

「……なのに、こんな手が。やっぱりあの革命は、意図的に仕組んでいたんだ……！　そして純岡（すみおか）くんは、近い範囲の餌……【集団勇者（フラッシュモブ）】で膨大なＩＰを獲得して……革命後の政権を奪い返すつもりでいる。その時に、正統な王族の生き残りであることが生きてくる……！」

王族に生まれた者は、その生まれ故に、王政を自分から覆すことが困難だ。しかし。

【集団勇者（フラッシュモブ）】の特性は、必ず使用者に敵対的な、強力な戦闘能力を持つＮＰＣの生成である。

即ち、これを【王族転生（ブルーブラッド）】と組み合わせた時――彼らは必ず王族を攻撃することになる。

そして【集団勇者（フラッシュモブ）】のＮＰＣがどのような行動を行おうと……たとえそれが急速な暴力革命であったとしても、彼らが行うマイナス行動は使用者のＩＰには一切影響しない。つまり、序盤の段階で政権を自ら手放すことが可能になる。

【王族転生（ブルーブラッド）】の潜在的アドバンテージを保持しつつ、序盤攻略のリスクだけを捨てた。こんな裏技が。間違いなく、レイの想像の外からの妙手だ。それでも……

「非道な手だ」

ふと、そう呟いてしまう。

（……違う。表の転生者（ドライバー）は、【基本設定（ベーシック）】のことを知らない。シトはＩＰ獲得の最善手を取っているだけだし、ＩＰがプラスである限りはこの世界にとってプラスの収支であることは間違

いない――やっぱり、失敗なんだな。ぼくは）

溜息（ためいき）をつくように、レイは弱々しい笑みを浮かべた。

今回の転生（ドライブ）でも、黒木田（くろきだ）レイは勝つ。彼女は天才で、負けることはない。

それは最初から分かっていることだ。

けれど……今までに見たこともない戦術を使うあの少年が、少しでも彼女の背中に迫ってくれるのなら。

（もしかしたら……友達にだってなれるのかな）

くすくすと笑ってみる。どちらにしろ、自嘲の笑いだった。

◆

純岡（すみおか）シト　IP591,053,122　冒険者ランクS
オープンスロット：【王族転生（ブルーブラッド）】【超絶交渉（ハイパーコミュ）】【集団勇者（フラッシュモブ）】
シークレットスロット：【？？？】
保有スキル：〈始祖王の気風SS＋〉〈万民の王S＋〉〈王宮構築A〉〈市井の英雄S〉〈広域交渉S〉〈統一法学B〉〈完全言語SS－〉〈鬼謀の策士S〉〈完全鑑定S〉他23種

黒木田(くろきだ)レイ　IP307,823,933　冒険者ランクS
オープンスロット：【令嬢転生(マイ・フェアレディ)】【超絶交渉(ハイパーコミュ)】【無敵軍団(ネームドフォース)】
シークレットスロット：【？？？】
保有スキル：〈絶対命令権S＋〉〈作法支配者A〉〈深層魅了A－〉〈情報統合読解A〉〈完全言語SS－〉〈演説の悪魔A〉〈狂奔A〉〈カリスマS〉〈完全鑑定B〉他16種

◆

転生(ドライブ)から十六年。王国を占拠した簒奪者(さんだつしゃ)は一人また一人と倒されていき、そして今、最後の一人が破滅の時を迎えようとしていた。

「——以上が、貴様が一連の不正に加担していたという証拠だ。ハルヤ公爵！」

「ウギャアアアア——ッ!?」

民衆が詰めかける広場、演説の壇上で決定的な証拠を突きつけられ、ハルヤ公爵は絶叫とともに卒倒した。【集団勇者(フラッシュモブ)】のＮＰＣを撃破したシトは、またしても大量のＩＰを獲得する。

黒木田(くろきだ)レイが辺境の蛮族を攻略している間、生成されたＮＰＣの大半はシト自身で処理することができた。ここまでは概ね、シトの想定通りの流れで推移している。

倒れたハルヤ公爵が呻く。

「な、なんでだよォ……純岡……お前みたいなヘナチョコが……許せねえよォォォ……」

「……大人しくしていろ。そもそも俺は貴様らのことなど知らん」

こればかりはCメモリの設定上仕方がないことだが、【集団勇者】で生成されたNPCは使用者をクラスメイトの類だと認識して襲ってくる傾向にある。性格モデル上も、純岡シトの本来のクラスメイトとは似ても似つかない者達ばかりだ。

「こうなったら……この広場の連中ごと、お前をチートでブチ殺してやるよォ～……！　噛み砕け！　ボクのスキル、『暴食結界』――ギャアーッ!?」

なんらかのスキルを発動しようとしていたハルヤ公爵に、大量の香辛料の粉末が浴びせられた。表皮全てで辛さを味わっているかのように悶え苦しみ始める。

「ギャア～ッ!?　ウッギャアアア～ッ！」

彼の背後から激辛の香辛料を浴びせた男は、レッカシオである。

「はーっ、はーっ、ひ、ヒヤヒヤしたよ……本当にこんな手段で倒せるなんて……」

「……所詮こいつらのスキルは疑似Cスキルに過ぎんからな。戦闘スキルを伸ばさなくとも、解析とタイミングが正確なら出し抜く方法はいくらでもある。……とにかく、この男が失脚した以上、こいつらの革命政権も事実上崩壊したというわけだ」

「とても政権って言えるようなものじゃなかったけどね……。本当、最終戦争が起こらなかったのが奇跡みたいなもんだよ……」

早々に王国が崩壊したこの状況にあって世界の滅亡を食い止めていたのは、転生者（ドライバー）たるシトとレイの尽力である。両者が【超絶交渉（ハイパーコミュ）】を駆使し、各地の有力者が行使しようとする最終的解決策を先延ばしさせ、時には討伐し、時には味方に引き込んできた結果だ。

こうしたバランスを取りながら世界を攻略する必要がある場合、Bランクの世界脅威であっても二十年近くの攻略タイムを要するケースは多い。

「兄上達も本当に怖かったね……もう大体問答無用で襲ってきたけど……なんで皆あんな好戦的なんだろうな……血筋なのかな」

「そればかりは俺の責任ではないからな……それに、味方についてくれた者も多い。今なら恐らく、レイの勢力とも十分戦えるはずだ」

シトは、革命を生き延びた王族達をも一人ずつ攻略していく必要があった。

しかし、王国を運営しながら内部政争で彼らを蹴落とす手間を考えれば、その手順も大幅にショートカットできたと言える。

（……上出来だ）

静かに、片手を握りしめる。

いつも、初めての戦術は不安だ。全てが机上の空論になってはいないか。自分自身のプレイングが、戦術の難度に追いつくことができているか。

(黒木田レイに勝つことができれば……俺はきっと先に行ける。いずれ関東最強――外江ハヅキを倒し、もしかしたら……)

全ての異世界を救い、異世界転生を根絶する。

それが妄執に過ぎないことは分かっている。異世界は可能性の分岐の数だけ無限に存在していて、観測できる限り、その尽くが滅亡の危機に瀕している。

そんな妄執に人生を賭けているからこそ、純岡シトは野試合ですら手を抜かない。

「もはやこの世界は、俺の勢力と黒木田レイの勢力で二分できる」

「……いよいよ、最後の対決だね」

「この戦いは俺に任せろ。政権の奪い合いを決するのは……シークレットのぶつかり合いだ」

◆

転生から十七年。王国の中央広場にて、シトとレイは正面から対峙した。

軍勢をぶつけ合う戦いではない。平穏を手に入れた国土を治めるべき指導者を決する、選挙戦である。二人の偉人の歴史的邂逅を、詰めかけた民は遠巻きに見守った。

長い黒髪をなびかせて、レイが歩み寄る。衣装も烏のような黒色だ。

「……や、純岡（すみおか）くん」

シトは彼女とは対照的な、王族の正装である白いコートを羽織っている。

仏頂面のまま、レイの呼びかけに答える。

「余裕そうだな。黒木田（くろきだ）レイ」

「ふふ。面白い奇策を仕掛けてくれたね。おかげで今回は、そこそこ楽しくやれたよ」

「俺は貴様に勝つつもりだ」

「勝てないよ。――残念だけどね」

シトの顔のすぐ近くで、レイは微笑みを浮かべる。口の端だけを持ち上げる笑み。

「……確かに、貴様には【無敵軍団（ネームドフォース）】で育成した優秀な官僚がいる。攻略にも一切の無駄がなかった。それでも……選挙戦で雌雄を決する限り、優位性はこの俺の方にある。それは分かっているだろう」

「それでも、勝てないさ」

レイの微笑みは崩れない。シトは眉根を寄せる。心に不安が過ぎったことを自覚する。

確かに、勢力全体の総合的な政治力はレイの方が上だろう。それでも、単体のスキルレベル及びＩＰで上回っているのはシトの方だ。何よりも、王族であるシトには政権を取り返す大義名分が存在する。どれほど実力が認められているとはいえ、レイは地方貴族の生まれだ。

故に、個人同士の投票対決になれば負ける要素はない。

（……それでも）

レイの側も、その程度は分かっているはずなのだ。

（黒木田（くろきだ）が勝ちを確信しているとするなら？）

「さて」

レイは、笑顔で両手の指先を合わせる。

「まずは、ここにいる皆に聞いてみようか！　シト・サィセ・シャクジミレアは、今は亡きシャクジミル王国の王族の血筋だ！　そんなシトに対して、ぼくはきみ達と何も変わらない、地方領主の娘からの成り上がり者だけど……」

そして、民衆の方を振り返った。

「どちらがこの国を治めるのに相応（ふさわ）しいかな？」

「ああ」

「そりゃ……」

民衆の反応は、最初は曖昧だ。だが、湖に投げ込まれた石が波紋を広げるように、徐々にその考えは形を持って広がり始める。

「レイ様じゃあないかなあ」

「だって実力なんでしょ？　王族の血筋じゃなくて……」

「王様が支配してた時代はひどかったぜ」

「……ッ！」

シトは息を呑(の)んだ。そんなはずはなかった。ほんの数日前まで、正統な王族に民が寄せる期待はもっと強固であったはずだ。

「ふふ。何をしたか分かるかな」

黒木田(くろきだ)レイは笑った。真意の見えない笑みではない。どこか妖艶さすら感じさせる微笑み。

「……仮に洗脳スキルなら、【超絶交渉(ハイパーコミュ)】で無効化することができる……つまり、それでもなお、これだけ世界が様変わりしているということは——」

「そう。きみは自分の【集団勇者(フラッシュモブ)】を最後まで倒し切る必要があった。じゃあ……こう考えなかった？　その間、ぼくは何もしていなかったんだろうか？」

異世界転生(エグゾドライブ)の天才。黒木田(くろきだ)レイは、シークレットスロットを開放した。

「【政治革命(ポリティカルR)】」

政治形態を自由自在に……民衆の支持基準すらも、望む方向性に誘導できる。影響範囲は使用者のＩＰやスキルに左右されるが、今の黒木田(くろきだ)レイの場合、その範囲は世界全域に及ぶ。

「……！」

シトは後ずさった。それほど明確に、戦略の根幹で読み勝たれてしまったと感じた。

その名に反して、【政治革命(ポリティカルR)】は本来『政情不安』で用いられることのないＣメモリ(チート)だ。『政情不安』世界では、王族の支配力さえも弱まった不安定な世界情勢から転生(ドライブ)が開始する。その世界全体の政治に個人が影響できるような状況に持ち込んだのなら——政治の方向性を操作せずとも世界の救済は可能なのだから。

だが、レイのシークレットはその【政治革命（ポリティカルR）】だった。

可能だったはずだ。世界の半分を掌握した黒木田（くろきだ）レイであれば、彼女の【無敵軍団（ネームドフォース）】の手数を以て（もっ）すれば、【王族転生（ブルーブラッド）】を封じるイデオロギーを全ての民衆に植え付けることが可能だ。

敵の戦術を観察し、一瞬の隙すら許さず迅速に行動するための【無敵軍団（ネームドフォース）】。

王族である限り、この選挙には勝てない。

「お、俺のCスキル（チート）を……読んでいたのか……。通常は不利になる【王族転生（ブルーブラッド）】などを……政情不安レギュレーションで使うと……！」

「ああ。こういうのは頭で考えてるんじゃなくて、色んなものを総合した勘なんだけど」

レイはくすくすと笑った。

「例えば転生（ドライブ）の前……ぼくは確か、『国取りじゃきみは勝てないよ』って言ったよね。きみは『問題ない』って……何気なく答えたつもりかもしれないけれど」

「……そうだ。俺は」

問題なく、試合を挑める。

シト自身も、そういう意味合いで発した言葉だと考えていた。

「最初から、国を取ってるから、問題ないって意味だと思ったのさ」

無意識に発したたった一言から、全てを掌握する——異世界転生（エグゾドライブ）の怪物。

あるいは、あの外江（とのえ）ハヅキに匹敵するほどの。

「でもね、純岡（すみおか）くん。ぼくは久しぶりに楽しかったよ。もしかしたら……ふふ。きみさえよければ、もう一度遊んであげてもいいかなって思えたかも」

「……」

楽しげに語るレイの声も、遠くに聞こえる。シトは思考している。

「また面白いデッキを考えたら、異世界転生（エグゾドライブ）しようよ。シト」

「——分かった」

「いいの？」

「違う」

シトは、ドライブリンカーに指をかけている。

「この状況で残されているチャンスが分かったということだ」

「何を……」

「いいか、よく聞け！」

シトは民衆に向き直って、声を張り上げた。

「この俺は——実は王族ではない！」

「……」

「ええ!?」

「嘘（うそ）でしょ！」

「な、な、何言ってんのーッ!?」

民は困惑し、レッカシオも絶叫した。

「……はあ」

レイは呆（あき）れたような溜息をついた。失望も混じっているのかもしれなかった。

「苦し紛れの出任せで、どうにかなる状況だと思う？」

「いいや。本当に俺は、王族ではない」

「出生の証拠なんていくらでも出てくる。今から隠滅しようとしたって手遅れだよ。そもそも今まで言っていたことを自分で覆すなんて……！」

言葉の途中で、レイは自らの口元を押さえた。

今度は、シトが不敵な笑みを浮かべる番だった。

「気がついたようだな」

「そ、そんな……」

純岡（すみおか）シトのドライブリンカーが、シークレットを開放する。

「そうとも。俺はもはや王族ではない」

◆

純岡(すみおか)シト　IP828,303,564　冒険者ランクSS

オープンスロット：【王族転生(ブルーブラッド)】【超絶交渉(ハイパーコミュ)】【集団勇者(フラッシュモブ)】

シークレットスロット：【後付設定(サプライズ)】

保有スキル：〈実力者の気風SSS＋〉〈民草の指導者SSS＋〉〈市街構築S〉〈市井の英雄SS〉〈全域交渉SS〉〈統一法学B〉〈完全言語SS〉〈鬼謀の策士SS〉〈完全鑑定S〉他27種

黒木田(くろきだ)レイ　IP731,770,177　冒険者ランクSS

オープンスロット：【令嬢転生(マイ・フェアレディ)】【超絶交渉(ハイパーコミュ)】【無敵軍団(ネームドフォース)】

シークレットスロット：【政治革命(ポリティカルR)】

保有スキル：〈神の声SS＋〉〈概念礼儀SS〉〈深層魅了SS〉〈美貌のイデアA〉〈時空情報解析SS〉〈完全言語SSS〉〈演説結界S〉〈導くものS－〉〈完全鑑定SS〉他27種

◆

「……そうだったかも」

「言われてみりゃ、噂は聞いたことあるぜ」

「シト様は実は元々レッカシオ様の使用人だったとか……」

「名前だけの王族で、権限は全くなかったって……」

民衆が、口々に噂を口にする。たった今、過去に遡って改変されたシトの『設定』を。曖昧な認識で流されているだけのように見えるだろう。さらに今のレイには、絶対的な神の如(ごと)く他者を従わせる〈神の声〉や、精神抵抗力を無視して他者を支配する〈深層魅了〉のスキルがある。だがそれらのスキルを駆使したとしても、もはやこの現状を覆すことはできない。

この世界の民衆が決して王族を指導者として選ばないのと同じように——C(チート)スキルは、その世界のあらゆる概念に優先される、絶対的な効果なのだから。

「【後付設定(サプライズ)】」

レイは表情を失って、呆然(ぼうぜん)と呟くしかない。

自分自身の設定と保有スキルを後から書き換えることができる、単発発動型C(チート)メモリ。

「なんで……そんな、速攻型のシークレットを……」

「……【王族転生（ブルーブラッド）】のような初期設定型のC（チート）スキルは、当然異世界の他者には適用できない。俺の【王族転生（ブルーブラッド）】と【集団勇者（フラッシュモブ）】のコンボは、あくまで自分が王族であることに意味があるコンボだった。残り一枠に【無敵軍団（ネームドフォース）】や【英雄育成（トップブリーダー）】を選択した場合、IPが他の召使（オプション）に分散してしまう……それでは、このコンボを敢（あ）えて選択する意味がなくなる」

純岡（すみおか）シトは確かに全ての勝ち筋を失っていたはずだった。つい先程までは。

「だから、自分自身にIPを集中させるリスクを負う必要があると思った……高レベルのスキルを保有していれば、直接攻撃（ダイレクトアタック）のような奇襲戦術に対しても【後付設定（サプライズ）】で最低限の安全を確保できるのではないかと……は、はは」

シトは笑った。試合前からずっと冷たい無表情だった彼が、レイの目の前で。

「だが、まさか……！【王族転生（ブルーブラッド）】のデメリットを打ち消すコンボを組んでおきながら……まさか最後に、【王族転生（ブルーブラッド）】のメリットまで自分の手で消すことになるとは思わなかった！こんなことが……自分でも信じられない。こんな戦術が、最善手になる試合があるとは――」

【王族転生（ブルーブラッド）】。王族として得られたはずの権力を、純岡（すみおか）シトは真っ先に自ら捨てた。それはC（チート）メモリのスロットを一つ無駄にしただけの行為のように見えても、この最終局面において――シトとレイがこの世界の指導者として雌雄を決する段階になって再び浮上する、潜在的なアドバンテージを保持し続けていた。

だから黒木田（くろきだ）レイはその状況を逆手に取って、王族だからこそ勝てない状況を作り出した。

故に純岡(すみおか)シトは【後付設定(サプライズ)】によって、【王族転生(ブルーブラッド)】で獲得した設定を完全になかったことにするしかなかった。

「これでは、最初から三本しかＣメモリ(チート)を使っていなかったようなものだ……はははは、ふはは……！」

「三本だけで、戦って……」

レイの脳裏に、ある転生者(ドライバー)の顔が思い浮かぶ。

彼と純岡(すみおか)シトは、何もかもが違う。

異世界転生(エグゾドライブ)に誰よりも真摯で……そして強いということ以外は。

「くだらない」

「……黒木田(くろきだ)レイ」

「まだだよ。まだ、条件が五分になっただけだ」

ＩＰを【無敵軍団(ネームドフォース)】に分散したレイが、一対一の選挙戦で勝てると確信していたのは、その【無敵軍団(ネームドフォース)】と【政治革命(ポリティカルR)】を使った工作活動があったからだ。しかし【政治革命(ポリティカルR)】が無意味と化した今、彼女の優位は【令嬢転生(マイ・フェアレディ)】と【超絶交渉(ハイパーコミュ)】のＣメモリ(チート)二つ分。

同様に、純岡(すみおか)シトも自分自身の【王族転生(ブルーブラッド)】を【後付設定(サプライズ)】で打ち消している。【集団勇者(フラッシュモブ)】と【超絶交渉(ハイパーコミュ)】。ＩＰ獲得の機会はシト個人に集中していた代わり、選挙戦を有利にするスキルの取得効率ではレイの側が上だ。

互いが互いのコンボを相殺してしまった今……彼女らの手元に残っているのは、転生者（ドライバー）としての純粋なプレイングの実力。

「……そうだな。この選挙の結果が出るまでは、俺も……貴様も、まだ終わりではない」

「言ったよね？　きみには負けない」

口にしてから、違和感に気付いた。

きみは勝てない。ではなく——きみには負けない、と。

（なんで。こんなこと）

いつの間にかレイは、自らの胸を押さえていた。

異世界の転生体（アバター）ではない。黒木田（くろきだ）レイ自身の心が震えている。

（勝ちたい。勝ちたい。勝ちたい）

何も得られるものはない。大きな大会でも訓練の試験でもないのに。

この、純岡（すみおか）シトにだけは。

（勝ちたい——）

純岡シトvs黒木田レイ

世界脅威レギュレーションは『政情不安Ｂ』。政情不安レギュレーションは攻略自体は容易であるものの、互いが内政戦術を取る場合、常に自身の動向と対戦相手の動向が干渉するため、その時々の状況への対応力と読み合いの強さが求められる、対人競技としての性質が色濃く現れるレギュレーションである。

純岡シトと黒木田レイは、ともに【超絶交渉（ハイパーコミュ）】を選択。多くの場合大戦争の勃発が救済失敗に直結する政情不安レギュレーションにおいては、相手の武力や戦意とは無関係に自動的に交渉に持ち込むことのできるこのＣメモリが、戦闘以外の選択肢を作り出す基点である。さらに黒木田レイは【令嬢転生（マイ・フェアレディ）】【無敵軍団（ネームドフォース）】を選択しており、状況を問わず自らの勢力が強く動くことを重視した、内政型プレイングの自信が伺える基本的なデッキ構成であった。

これに対して純岡シトは、【王族転生（ブルーブラッド）】に対して自らの【集団勇者（フラッシュモブ）】をぶつけるという、独自性の強いコンボで挑んだ。王族としての根拠である国家を敵対的ＮＰＣに攻撃させ、【王族転生（ブルーブラッド）】で得られる序盤の利を完全に捨てる代わりに序盤の自由な行動権を得るという戦術である。スキル成長では手に入れられない王族であるという特権は、転生者が互いに必要十分なスキルを入手し尽くした終盤でこそ強力に活きてくるものだが、それでも純岡のこのデッキは、多大なアドバンテージ損を避けられぬ奇策の類であった。

これは内政型戦術を得意とする対戦相手との試合において社会情勢の前提を崩すことによって試合に紛れを起こす、いわゆる暴れと呼ばれる戦術である。この予想外の攻撃に対してもほぼ転生スタイルを崩すことのなかったた黒木田レイは、さすがは中学生異世界選手権大会優勝の実力者であったと言えよう。それどころか黒木田レイは転生開始時点で純岡が【王族転生（ブルーブラッド）】を使用してくることも読み切っており、シークレットの【政治革命（ポリティカルＲ）】によって、純岡の【王族転生（ブルーブラッド）】を用いたゲームプランの封殺も視野に入れていたと思われる。しかし試合結果を見れば、この封殺という勝ち筋を意識していたことが、黒木田レイの敗因にもなっている。

最終盤、黒木田レイは純岡シトとの選挙戦による決着を選んだ。黒木田レイが中盤と同じように堅実な内政型の動きでＩＰを稼ぎ続けていれば、奇策に走った純岡シトのＩＰをこの時点で僅かに上回り、その差は覆らなかったと思われるが、黒木田レイは【王族転生（ブルーブラッド）】【集団勇者（フラッシュモブ）】コンボに対抗してか、【政治革命（ポリティカルＲ）】による【王族転生（ブルーブラッド）】潰しのために終盤の行動力を割いてしまっていた。これは純岡シトが終盤まで【集団勇者（フラッシュモブ）】のブースト分ＩＰで黒木田に先行しており、数字上は黒木田レイを上回っていたことによる焦りもあったのだろう。結果的に【王族転生（ブルーブラッド）】潰しは純岡シトのシークレット【後付設定（サプライズ）】によって覆され、積極的に行動した黒木田レイの方が、シークレットを発動しただけの純岡シトよりも多くの手損を被る形となってしまった。針の穴を通すような読み合いを制し、対戦相手を圧倒する完全勝利への誘惑は、どの転生者にとっても無縁ではない。しかし真に重要なのは根本的な転生の実力であり、本来なら黒木田レイはシークレットを発動するまでもなく勝利できたのである。

19.【悪役令嬢】

そして、現在。WRA異世界全日本大会関東地区本戦トーナメント会場となった、ネオ国立異世界競技場。その選手用通路の片隅の死角に、一人身を潜めるように佇(たたず)んでいる者がいた。

「来たな。大葉(おおば)」

純岡(すみおか)シトである。

第二回戦の直前、大葉(おおば)ルドウはただ一人でこの場所に呼び出されていた。

「……いきなり何だ。ドライブリンカーの件なら、会長以上のことは知らねェぞ」

「だが、会長と同じように知っていることもあるだろう。【基本設定(ベーシック)】の件だ」

「……」

普段は饒舌(じょうぜつ)なルドウが、珍しく沈黙で返した。

不機嫌のためというより、何かを考えているようでもある。

「ケッ。あの話か？　大したことじゃねーよ」

「アンチクトンの銅(あかがね)も同様のCメモリ(チート)のことを口にしていた。極めて重大な案件だと俺は認識している」

「あーあー、じゃあ教えてやるよ。文字通りの基本設定だ。つまりトラックの運動エネルギーで俺らを転生（ドライブ）させたり、人類に有益な行動を内部でＩＰ換算するのが【基本設定（ベーシック）】のＣ（チート）メモリの役割で……」

「誤魔化すな。大葉（おおば）」

会長への詰問の時にも、彼はこの話題を露骨に逸（そ）らそうとしていた。頭脳明晰（ずのうめいせき）なルドウならば、シトに問い詰められた時のために偽の答えの一つや二つは用意しているだろう。

「それはドライブリンカー側の持つ基本機能にすぎない。【基本設定（ベーシック）】がＣ（チート）メモリのスロットを用いているというのなら、それは異世界に転生（ドライブ）した俺達に作用している、オプションとしてのスキルであるはずだ。それも、ただ都合のいいばかりではない――転生者（ドライバー）に何らかのリスクをもたらすＣ（チート）スキルではないのか」

「……。そんなこと知って、どうするつもりだ。【基本設定（ベーシック）】のことが分かったからって、テメー勝てんのか？　あァ？」

「……俺は」

銅（あかがね）ルキの言葉が、シトの胸の内に引っかかっている。

――知れば、今度こそあなたは勝てなくなります。

「アンチクトンの真意を知りたいだけだ。銅（あかがね）は世界を滅ぼす罪と、その責務について語った。

その重さを理解できないのは、俺達が【基本設定】について知らないためだと。そして、俺の第二回戦の敵も……世界を滅ぼす、アンチクトンだ」

「……黒木田か」

「彼女が世界を滅ぼす罪を背負うつもりでいるなら、俺はそうさせたくない。頼む、大葉。【基本設定】のことについて教えてくれ」

シトは頭を下げた。

「純岡。……お前さァ」

ルドウもそれを嘲笑いはしなかった。

ポケットに両手を突っ込んだまま、彼は尋ねる。

「黒木田のことが好きなのか」

「好きだ」

そのことについては、一切の迷いはない。

「転生者としても、女性としても、友としても……敵としても、好意を抱いている。もしかしたら、彼女の容姿や人格を目当てにした不純な好意であるかもしれないが、それでも……」

それはこの世界の彼にとって、ひどく慣れないことであったが、シトは黒木田レイへの感情の言語化を続けようとした。

「まず、黒木田のどこが好き……かというと……」

「あー、いいよ、いい。もういい」

ルドウはひらひらと手を振って止める。

「信じらんねェなお前……恥ずかしくねえのかよ」

ルドウは選手用通路を見回す。

他に誰も人影が見当たらないことに、シトではなくルドウの方が安堵（あんど）の息をついた。

「覚悟はあるつもりだ」

「チッ……分かるよ。なんかよォ……テメーも剣（つるぎ）並に強情だよな。じゃあ教えてやる。【基本設定（ベーシック）】は、俺が知る限り最強のC（チート）メモリだ」

「……最強？」

「純岡（すみおか）。最強のC（チート）スキルがこの世にあるとすれば、それはどんなスキルだ」

「……」

シトは言われたとおりに思案した。――最強。

一般的に強いとされるC（チート）スキルは存在する。基本のハイパー系三種。あるいは【無敵軍団（ネームドフォース）】といったような。その逆に【針小棒大（バタフライ）】や【集団勇者（フラッシュモブ）】の如き、活躍の場が限定されるC（チート）スキルも存在する。

しかし真の強弱はC（チート）メモリ同士の組み合わせによって変わる。

それは、かつて戦った【異界肉体（CODE0010）】や【異界災厄（CODE5133）】でも同じであるはずだ。

「答えられねェよな？　教えてやる。それは頑張れるスキルだ」

「それは……なんだ。何かの冗談か？　剣（つるぎ）はともかく、貴様の口から精神論が出ることだけはあり得ないと思っていたが」

「当たり前だ。これは心の持ちようだとか精神の健全さとか、そういうクソみたいな言葉遊びじゃねェ。純粋に、脳神経的な意味での行動決定だ。……やりたい物事をやれる意思がなけりゃあ、どれだけ全能のC（チート）スキルを持ってたって意味がねェだろ」

「理性の通りに行動する力。ということか？」

「リアルの人間にとって、それがどれだけ難しいかくらいは分かるだろ？　試験の前日ほど、部屋を片付けたくならねーか？　休みの日に出かけたいと思っても、家でダラダラしているだけで一日が終わっちまうことはないかよ？」

「だが、異世界では」

シトは反論しようとした。

「……！」

「気付いたな」

そうだ。異世界では、そのようなことがないのだ。

転（ドライブ）生前に立てた計画の通りに、人生という数十年がかりの事業を実行できる。そこに迷いはなく、成功のための努力を阻む怠惰もない。

転生（ドライブ）先の異世界がこの世界と同様の一つの現実であるというなら、何故（なぜ）異世界に限ってそうできるというのか？

「たとえばたった今、テメーが生まれ変わったとするぞ。テメーは第二の人生を後悔なく生きよう、計画通りに生きようと思うだろうよ。本当にそうできるか？　疲れ、空腹、遊び、何の理由もねェ怠け。元の人生が懐かしくもなるだろうな。そういう人間らしい心が、どうして異世界には存在しないか分かるか？」

「それが……【基本設定（ベーシック）】のC（チート）スキルか……！」

こことは異なる現実は、ただ異世界転生（エグゾドライブ）を戦うためだけのステージに過ぎない。

すべての転生者（ドライバー）は異世界で人生をやり直しながらも、その基底は常に元の現実にある。

より良い、成功した人生を収めるために不要な入力が、全てオミットされている。

「……ケッ！　要は、離人症性障害（DPD）のいいとこ取りだ。転生者（ドライバー）共は最初から、【基本設定（ベーシック）】で転生（ドライブ）した先の人生を、マジの人生のように思えねえように仕組まれてる。だから悪党を容赦なくブッ殺せたり、人生を何十年と一つの目標だけに費やす努力ができる。どんな美女を見たって、IPの獲得源くらいにしか認識しねェ。まるでゲームの登場人物を操作するみたいにな」

純岡（すみおか）シトも大葉（おおば）ルドウも、共に四桁に届こうという数の異世界転生（エグゾドライブ）を経験しているはずだ。

一度ごとに二十年前後。仮にその時間の通りに一万年以上の歳月を現実のように生きてきたとすれば、現実ではまだ十三歳の中学生である彼らは、果たして元のままの人格でいられただろうか。

「それは……他のどのC（チート）スキルも問題にならねえ、標準装備にして、最強究極のスキルだ。この現実に【基本設定（ベーシック）】を持ち込めば、それだけで何にだってなれるし、同時に自分のままでいられる。無限の努力ができる」

シトは、黒木田（くろきだ）レイと過ごした休日のことを思い返す。

——壮絶な転生（ドライブ）を駆け抜ける転生者（ドライバー）にも、本来の中学生としての人生がある。

彼らは何度でも人生をやり直すが、転生体（アバター）ではない、彼ら自身の肉体で味わう青春は、やはり一度きりしかない。仮にそのような唯一性すら、本来は存在しないのだとすれば。

「……それは……それを知っているのは、俺達だけか。大葉（おおば）」

「あァそうだ。もしも剣（つるぎ）に教えたらブッ殺すからな。だが、テメーの話が本当なら、アンチクトンの連中も【基本設定（ベーシック）】のことは知ってるんだろう。何しろ向こうにはドライブリンカーの開発スタッフ——『普及』スタッフとでも呼んだ方がいいのか？　ドクター日下部（くさかべ）がいるんだからよ」

「……」

続いてシトの脳裏に過ぎるのは、これまで戦ってきた異世界転生（エグゾドライブ）の数々である。

世界救済のたびに転生者（ドライバー）が多大な影響を及ぼしてきた、異世界の住人達。彼らは実際にその世界に生きていて、転生者（ドライバー）によって無造作に踏みにじられてしまった生活や尊厳がある。シトも一人の転生者（ドライバー）として、その事実を自覚していたはずだ――だが。

それは本来、ただの個人が自覚しようもないほどに重いことなのではないか？

反則（チート）によって一つの世界を永遠に変容させてしまう罪を覆い隠す【基本設定（ベーシック）】は、果てしのない悪意か、それとも残酷な慈悲であるのか。

「…………異世界を、滅ぼしている……。D（ダーク）メモリは……本当に、異世界を滅ぼしているのか……！　分かっていた……分かっていたが……！　俺達が住んでいるこの世界と同じような世界を！　アンチクトンは……滅ぼすというのか……！」

「……連中が一体どういう理屈でそれを正当化してるかは分かんねェけどな。少なくとも【基本設定（ベーシック）】でも使わなきゃやってられねえ仕事のはずだ。……いや。そもそも【基本設定（ベーシック）】がなかったら、俺らは普通の異世界転生（エグゾドライブ）すらできねェのかもな――」

全て、最初から分かりきっていたことだ。異世界は別の可能性を辿（たど）った世界の一つの形である。この世界と、転生（ドライブ）先の異世界。二つの世界の間には、本来は優劣など存在しない。ただ、一方通行の干渉の力が、C（チート）スキルというイニシアチブとなって顕（あらわ）れているだけだ。

世界救済の一つ一つに責任や自覚を伴わせてしまったならば、到底救いきれない数の世界が危機に瀕している。

「ククククッ、どうだ純岡（すみおか）。異世界の連中を踏みにじる戦術が使えなくなったか？　世界救済はその世界を滅ぼす脅威と何も変わらねェと思うか？　テメーがやらなくても、他の転生者（ドライバー）は何も知らねェまま異世界転生(エグゾドライブ)をやり続けるぞ」

決して、無関係な話ではない。他の転生者(ドライバー)達がそうしてきたように、純岡(すみおか)シトも勝負に勝つためには容赦のない戦術も用いてきた。罪悪感を覚えることなく。

異世界の人間から見た転生者(ドライバー)は、そのまま彼らの知る転生者(ドライバー)の姿でもある。

デパートのニャルゾウィイグジイィ。WRA会長のエル・ディレクス。

「……多分この世界も、そういう風に変えられちまってるんだろうしな」

「……」

シトは、ただ押し黙っていた。

沈黙は三分にも満たなかったが、それでも果てしない時間に感じた。

【基本設定(ベーシック)】。そのCスキル(チート)がある以上、シトはこれまでの行いについて真(しん)に自覚することは決してできないのだろう。これから先も、恐らくは……今のこの世界と等価の人生を生きている自覚なきままに、転生(ドライブ)を続けていくしかない。

「ありがとう。大葉(おおば)」

シトは頭を下げ、礼を告げた。ルドウが面食らうのが分かった。

「いきなり何だオイ」

「……貴様にとっても、口に出すことは容易くなかった真実だろう。貴様が俺を信じて話してくれたように、俺も貴様の言葉を信じようと思う。どうするべきか迷っていたが……俺も、これでようやく決意することができた」

「オイオイ、異世界転生（エグゾドライブ）を辞めるみたいな口ぶりじゃねェか」

「逆だ」

彼らが戦う異世界は、実在する。なればこそ、戦わなければならない。

シトが次に対戦する敵は、アンチクトンに堕（お）ちた黒木田（くろきだ）レイなのだから。

「俺は戦い、勝つ。黒木田（くろきだ）に世界を滅ぼさせてはならない。彼女は俺に勝つために、そうまでしようとしている」

「テメーのした話が本当なら、奴は元々アンチクトンだったんだろ。……じゃあ、そもそも手遅れじゃねェのか」

「手遅れではない」

断言する。

この時まで、純岡（すみおか）シトが根拠のない物事を信じたことはなかった。

「彼女は黒木田（くろきだ）レイだ」

シトがこの事実を告げられてなお苦悩し、絶望し、心折れていないのも、【基本設定（ベーシック）】によって異世界転生（エグゾドライブ）への自覚から守られていたが故のことに過ぎないのだろう。

だがそれでも、この世界の人生にだけは【基本設定（ベーシック）】は存在しない。

純岡（すみおか）シトの自我は彼自身のものであり、彼は自ら決めたことをする。戦わなければならない。

「……頼んだぜ、純岡。友達がバカな真似してんのは、夢見が悪いよな……」

「無論だ」

控室へと向けて歩き去る途中で、シトは足を止めた。

「——大葉。貴様は……ずっとこのことを知っていたのか」

「だったらどうした」

「貴様を尊敬する」

廊下を曲がり、今の自分が目指すべき場所へと向かう。試合会場へ。

だからその後ろでルドウが呟いた言葉も、聞くことはなかった。

「……ケッ。嬉しくねーんだよ。バカが」

◆

「それでは第二回戦！　黒木田レイ選手と純岡シト選手の対戦となります！　レギュレーションは『宗教対立A』！　共に内政型で第一回戦を勝ち抜いた両者、使用デッキは果たしてどのようになるのか!?」

「「ワアアアアアアーッ!!」」

司会や観客の熱狂すらもどこか薄ら寒いものに聞こえるのは、ルドウから明かされた

【基本設定（ベーシック）】の真実故だろうか。

超世界ディスプレイ越しに戦いを見守るだけの観客は勿論（もちろん）のこと、その試合を行う転生者（ドライバー）自身すら、異世界転生（エグゾドライブ）を画面越しの出来事のようにしか認識できないのだ。

「シト？」

隣のレーンに立つ黒木田（くろきだ）レイは腰を少し折って、むしろ不安そうにシトに囁（ささや）いた。

「……大丈夫？　しっかりぼくに勝つつもりでいる？」

純岡（すみおか）シトに勝ちたい。それが彼女のただ一つの願いだったことを知っていた。

最初で最後のデートとともに諦めて、それでも諦めきれなかった望みを果たすために。

「黒木田（くろきだ）。貴様は……知っていたのか。【基本設定（ベーシック）】のことを。異世界で人生を生きるという自覚が、俺達からは失われてしまっているということを」

「――ああ、あれか。ふふふ。もちろんだとも」

そして……彼女もまた、最初から知っていた。大葉（おおば）ルドウと同じように、異世界転生（エグゾドライブ）の重圧を理解して、それでも戦い続けていた転生者（ドライバー）であったのだろう。

「世界を……滅ぼしたことはあるか」

「ないよ。これまでの試合でも、単独救済（ソロプレイ）でも、一度も。D（ダーク）メモリの試運転もアンチクトンのシミュレーターだけだった。……世界を滅ぼしたくなかったから、ぼくはアンチクトンを抜けたんだ」

「ならばそれが貴様の真の心だ！　Ｄ（ダーク）メモリなどに頼るべきではない！　連中に洗脳されたのか!?　それとも騙（だま）されているのか!?　黒木田（くろきだ）……貴様は、そのような転生者（ドライバー）ではなかったはずだ！」

「分かってないな」

　レイは寂しげに笑う。

「本当に、シトは、分かってないよ……」

　いつものように手を腰の後ろに組んで、首を傾（かし）げてみせた。

「アンチクトンの理想なんか知ったことじゃないし、嘘をついてもいない。ぼくは世界を滅ぼしたくなんてない。けれど……これがぼくなんだ。ぼくは、こういう人間なんだよ。きみに勝つだけのために、ぼくは世界だって滅ぼせる」

「ふざけるなッ！」

　アンチクトンの人造転生者（ドライバー）。彼らが自覚なきままにドクター日下部（くさかべ）に操られるだけの者であれば良かった。

　だが彼らは【基本設定（ベーシック）】の存在を知っている。その上で、人類の誰も背負えぬような巨大すぎる罪を背負おうとしている。

「そんなくだらないことのために、貴様は――」

「くだらなくない！」

細い指先が、シトの手を取った。指を強く絡めて、レイ自身の胸元へと引き寄せた。

「きみとの勝負は、くだらなくなんてない！　ぼくはきみに二回も負けた！　二回も‼　アンチクトンを抜けてから、一度だって負けたことなんてなかったのに！　ぼくは天才で、美少女で、転生者（ドライバー）で……他には何もなかったのに‼」

「……ッ！」

「――ねえ、シト！　シトにとって、ぼくは何なの⁉　ぼくはずっと、きみのことしか考えられない！　異世界がなんだっていうんだ⁉　目の前にいるのはぼくだろう⁉　ぼくを見て、シト‼　ぼくが、きみと戦うんだ‼」

黒い目。

美しい目が、涙に潤んでいる。シトのすぐ目の前にある。

黒木田（くろきだ）レイは、誰よりも真剣だ。かつて戦ってきた誰よりも。シト自身よりも。

「ぼくが、きみと……」

「…………」

純岡（すみおか）シトは異世界転生（エグゾドライブ）を憎み、異世界転生（エグゾドライブ）を根絶するために戦いの日々を過ごしてきた。だが、故に、シトには異世界転生（エグゾドライブ）以外のものが何もない。

黒木田（くろきだ）レイはどうだったのか。その素振りを見せることがなかったとしても、心の内は。

「それでは、間もなく転生（ドライブ）開始です！」

スタジアム中央で二人が交わしている会話は、司会にも観客にも届いてはいない。

第二回戦はもはや止められず、試合開始までのカウントは無情に進んでいく。

転生レーンの先、純白の2tトラックがライトを点(つ)ける。

「両選手はオープンスロットの三本を提示してください！」

「……さあ、見せて。シト」

黒いドレスのC(チート)メモリホルダから、レイは三本のオープンメモリを選び取った。

試合の事前に選んだ三本は、敵のデッキ構成を見てから変えることはできない。

何度も強さを目にしてきた、黒木田(くろきだ)レイの転生(ドライブ)スタイルを読んでいる。

それは半ば、転生者(ドライバー)としての本能。

「俺のオープンC(チート)メモリは……【超絶成長(ハイパーグロウス)】。【正体秘匿(アンノウン)】。【全種適性(オールマイティ)】」

「――ああ」

顔を近づけたまま、レイは溜息をついた。

失望と、歓喜の笑い。

「きみはもう勝てない」

「……この時点で断言するのか？」

「そうさ。せっかく戦えると思ったのに……きみは、デッキ選択を間違えた」

「剣(つるぎ)が言っていた。人生も異世界転生(エグゾドライブ)も、やってみなければ分からないと」

「それなら、教えてあげるよ」

宗教対立のレギュレーションにおける定石は内政型。

黒木田(くろきだ)レイも、最も得意とする内政型のスタイルを選択するはずだった。シトが彼女と同じアプローチを取る限り、確実に不利な戦いとなる。

「内政型じゃないと……ぼくには、勝てない。このD(ダーク)メモリを使って、ぼくはシミュレーター戦で鬼束(おにづか)に勝ち越している」

「……」

アンチクトンの中でも最強格の転生者(ドライバー)、鬼束(おにづか)テンマ。

黒木田(くろきだ)レイは、ある一点において――その鬼束(おにづか)テンマの実力をも凌駕(りょうが)する転生者(ドライバー)だ。

「……ねえ。見てて、シト。ぼくは、はじめてD(ダーク)メモリを使うよ」

「やめろ……！」

レイは、やはり寂しげに笑う。

「きみが好きだ」

吐息のような囁きは、すぐに耳元から離れた。

オープンスロットの三種を、そして宣言する。

「【超絶交渉(ハイパーコミュ)】。【英雄育成(トップブリーダー)】」

美しい少女は、漆黒のメモリを構えた。

この世でただ一人、純岡シトと戦うためだけのDメモリ。

「【悪役令嬢】……！」

20. 【正体秘匿】

観戦席。試合を観戦する星原(ほしはら)サキは、WRA公式カタログを開いていた。

「【英雄育成(トップブリーダー)】……」

探しているのは、黒木田(くろきだ)レイのオープンスロットにあるC(チート)メモリの項目だ。

すでに試合は開始しているが、二人がトラックに轢殺されてから最初の転生イベントが起こるまでには、まだ僅かな猶予がある。

「強化型。対象一人に強力な成長倍率を与える……か。対象人数が少ない分、【無敵軍団(ネームドフォース)】とか【酒池肉林(ハーレムマスター)】の上位種って感じになるのかな」

「ああ。対象が一人だけになる分、強化効率は段違いだぜ」

隣の席に座る剣(つるぎ)タツヤが答えた。

「他人に【超絶成長(ハイパーグロウス)】をかけられるようなもんだな。内政型の転生者(ドライバー)は自分じゃ戦闘スキルを伸(の)ばし辛(づら)いから、召使(オプション)をそいつで強化して戦わせたりするんだ」

自身は内政に専念しつつ、転生者(ドライバー)すら撃破し得る戦力を護衛として構える【英雄育成(トップブリーダー)】は、内政型デッキにおける戦力確保の定石の一つでもある。

「ケッ、素人が。他者強化型のCスキル(チート)で伸ばせるのは戦闘系スキルに限った話じゃねェんだよ。召使(オプション)に内政の方を任せて自分が戦闘するパターンだってあるだろうが」

大葉(おおば)ルドウがタツヤの解説を補足する。

「他者強化系の使い方は【無敵軍団(ネームドフォース)】辺りでも同じだ。育てる相手の適性をしっかり見れていりゃあ、【超絶知識(ハイパーナレッジ)】にも【超絶交渉(ハイパーコミュ)】にもなるメモリなんだよ」

「ルドウは……黒木田(くろきだ)さんのデッキがどういう戦術か分かる？」

「あァ？　そりゃ【悪役令嬢(ネガ・フェアレディ)】の効果が分からなきゃ何とも言えねェだろ。ただの【令嬢転生(マイ・フェアレディ)】の亜種なら、黒木田(くろきだ)得意のスタンダードな内政型だろうが……純岡(すみおか)を裏切ってまで使うD(ダーク)メモリがその程度のモンか……？」

彼らの疑問への答えは、すぐに示されることになる――それも、予想だにしない形で。

＃

純岡(すみおか)シト　IP0　冒険者ランクE

オープンスロット：【超絶成長(ハイパーグロウス)】【正体秘匿(アンノウン)】【全種適性(オールマイティ)】

シークレットスロット：【？？？？】
保有スキル：〈UNKNOWN〉〈UNKNOWN〉〈UNKNOWN〉〈UNKNOWN〉〈UNKNOWN〉

黒木田（くろきだ）レイ　IP0　冒険者ランクE
オープンスロット：【悪役令嬢（ネガ・フェアレディ）】【超絶交渉（ハイパーコミュ）】【英雄育成（トップブリーダー）】
シークレットスロット：【？？？？】
保有スキル：〈交渉C＋〉〈礼儀作法C〉〈宗教学D〉〈美貌の所作C〉〈北黒言語C〉〈東青言語D〉〈カリスマE〉

♯

「なにィーッ!?」

「……嘘だろ……!?」

「な、なんで……!?」

超世界ディスプレイに表示された内容を見てサキ達が真っ先に口にしたのは、三者三様の困惑の声であった。

そこには、最初のイベントの時点での二人のステータス状況が表示されているはずだった。

転生者（ドライバー）の人生におけるイベントを余さず編集し伝えるはずの超世界ディスプレイ――その表示時間が異様である。

「……十七年と三ヶ月……!?」

「最初のイベント発生まで十七年――十七年間も何も起こらなかったってのか!?」

両者ともにＩＰ０。全国クラスの異世界転生（エグゾドライブ）でそのようなことはあり得ない。仮にタツヤのような速攻型であれば、転生（ドライブ）から十年目の時点でドラゴンを倒すことすらできるのだ。

この状況が謎めいたＤ（ダーク）メモリの使用者である黒木田（くろきだ）レイ一人だけに起こっているならば、まだしも不可解な戦術であると解釈することもできる。だが……我らが主人公たる純岡（すみおか）シトまでもが、十七年もの間、何も引き起こせていない――！

「【悪役令嬢（ネガ・フェアレディ）】……」

サキは呟いた。超世界ディスプレイは、『最初のイベント』を映し出している。

「……一体……どういう……Ｃ（チート）スキルなの……!?」

＃

国家以上の力を有する二大宗教、ファルア教とラダム教が対立する世界。一見華やかな文化の影には、死者が蘇り『呪われし者』として生者を襲う現象が蔓延している。ファルア教とラダム教は、『呪われし者』が生まれる原因は邪神を信仰する敵対宗教にあるのだと互いに主張し、生者が相争うことで死者の軍勢は膨れ上がり続けている。それぞれの宗教は古代の記録にある『呪われし者』を浄化する聖女を定め、時には生贄を伴う凄惨な儀式も広まりつつある。

——追い詰められつつある世界の中にあって、壁に囲まれた王国領内は若者達が平和と文化を謳歌できる数少ない地である。

上流階級の子女が集う王立学園で年に一度開かれる大舞踏会は、国中の若者達の憧れの対象だった。普段は彼らと接触することのない、天上人たる王族の王子達が参加するのである。

その理由は無論、婚姻の相手を見定めるためであり……または、ごく稀に。

「——レイ・エクスレン。君は俺の婚約者であり、同時にファルア教の聖女という立場にありながら……一般学級のサラ・アルティリーへと数々の中傷や嫌がらせを行い、彼女を公然と貶めた。その申し開きがあるなら、今ここで聞きたい」

第三王子フィルハルト・ロートローゼンはレイに対してそのように告げた。生徒達の間にも、次第にざわめきが広がっていく。

その言葉は事実上、婚約者に対する訣別の表明を意味していたからだ。

「聖女とはただ生まれによって決まるものではない……心のあり方が決めるものだと俺は思っている。もし君が身分や家柄で差別を行う者であるなら、サラの方が遥かに聖女に相応しい」

「そう」

レイは穏やかな微笑みを返した。周囲から突き刺さる好奇の視線も屈辱的な言葉も、彼女にとっては全て予定調和のものでしかない。

これが十七年と三ヶ月目にして引き起こされる、確定したイベント。恋の上でも政治の上でも予め敗北を定められた『悪』——それが悪役令嬢。

「——ふふふ。未来の夫に対する言葉遣いや無礼を見て見ぬふりをするのが、王家の婚約者として正しい姿だったかな？　差別ではなく……他の学友がそうするように、ぼくの婚約者に接してほしかった。それとも、きみにとっては彼女のふるまいだけは特別だった？」

「俺はこれまで……本当の君を知ろうとしていなかったのかもしれない。サラは君の言葉に大きく傷ついている……残念だよ、レイ」

「そう。お気に入りの女の子ができた途端に、婚約者を切り捨てるんだね？」

「……何を言っても無駄なようだな。ならば、俺と結婚したとしてもそうなのだろう。君との婚約を破棄する」

学生達の、悲鳴に近い喧騒（けんそう）が響いた。

周囲のざわめきとは裏腹に、レイはあくまで落ち着き払っている。

この世界に転生（ドライブ）してきた時から、黒木田（くろきだ）レイが見ている者はただ一人だ。いかにこの王子の身分が高く、容貌や能力に優れ、時には恋人らしい言葉を投げかけられたとしても、異世界における設定上の婚約者に心を動かされる要素はどこにもない。

この愚鈍な王子は、レイがこの転生（ドライブ）でＩＰを獲得するための餌にすぎない。【悪役令嬢（ネガ・フェアレディ）】の強制力でこのような言動をさせてしまっていることに、哀れみの念を抱いてすらいる。

「それなら、ぼくは身を引かせてもらうよ。ごきげんよう、フィルハルト様」

この世界は、国家以上の力を有する二つの宗教勢力――ファルア教とラダム教が対立している。生まれながらに高貴な身分を得る【悪役令嬢（ネガ・フェアレディ）】で入手したのは、ファルア教の聖女の地位。大義名分をもって敵性宗教を殲滅（せんめつ）するには、最適の初期条件といえた。

後は、首尾よく異世界の父から処分を受けるだけでいい。王族に関わるスキャンダルから引き離すために、遠方の領地に送られることになるだろう。【超絶交渉（ハイパーコミュ）】のＣ（チート）スキルがある限り、処罰の軽重すらも自在だ。

（……やっぱり地方送りがいいな。中央の目から離れた片田舎で……この世界を覆す兵力を育てる。世界救済を果たすのは、最後だ）

会場を後にする馬車の中で、レイは真の想（おも）い人（びと）の名を呟いている。

「――さあ、シト。ぼくのところに来て」

＃

スタジアムの客席――星原（ほしはら）サキ達が見守る位置からちょうど反対側にあたる位置では、異様な存在感を放つ二人組が純岡（すみおか）シトと黒木田（くろきだ）レイを観察していた。

白衣を羽織った痩身の老人は、ドクター日下部（くさかべ）。大人を遥かに超える筋肉量の巨漢は、既に第一回戦を勝利で終えた鬼束（おにづか）テンマである。

「ドクター。この戦い、純岡（すみおか）シトに勝機はあると思うか」

「……くくくく。逆に、君は勝ち目がないと思っているかね？」

ドクターは邪悪に笑い、一方のテンマは僅かな笑みも返しはしない。

腕組みのまま、超世界ディスプレイの中の黒木田（くろきだ）レイを眺めている。

「黒木田（くろきだ）レイのＤ（ダーク）メモリの仕様は、私でも把握しきれない。初期条件を高貴な生まれとして転生（ドライブ）する。最初に社会から貶められ追いやられることで、その後の獲得ＩＰ倍率をブーストする。自身を排斥した国家への報復によってもＩＰ獲得が可能になる。高貴な身分の男性からの婚約破棄を強制する。さらに、その男性は別の庶民に恋愛感情を抱いており……何より、最初のイベントまでの十六〜十九年間のＩＰ獲得を敵味方共に凍結（フリーズ）する」

予測どころか、目で見てなお理解の及ぶものではない。これらの全てが、ただ一つのメモリで引き起こされている現象であり――あまりにも複雑かつ複合した効果のために、鬼束（おにづか）テンマすら【悪役令嬢（ネガ・フェアレディ）】の挙動を読み切ることができないのだ。

「くく、くくくくく。君は生真面目過ぎるなテンマ！　単純、まったく単純だ。【悪役令嬢（ネガ・フェアレディ）】のスキルは極めてシンプルな、ただ一つの効果から波及するものに過ぎない」

それはまさしく、この世で黒木田（くろきだ）レイの他に取り扱うことのできないＤ（ダーク）メモリ。

レイは【令嬢転生（マイ・フェアレディ）】の使い手である。【令嬢転生（マイ・フェアレディ）】の反転とも言うべき強力なＤ（ダーク）メモリの使い手となるべく、アンチクトンでそのように育成された。

「【悪役令嬢（ネガ・フェアレディ）】は、一つのイベントを必ず起こすＤ（ダーク）メモリなのだ。即ち……たった今のような、婚約破棄と追放！　社会的な敗北イベントを世界に強制する！　イベントの妨害は決してできない！　世界の救済も滅亡も、それ以前に起こらないことが確定となる！」

「試合進行の停止……婚約破棄イベントが発生するまで、他のあらゆるイベントを起こさないということか。結果として、両者ともにＩＰ獲得が行われない」

「ＩＰはスキル経験点への乗算にも用いられることは知っての通り。ならばＩＰ獲得が凍結された転生者（ドライバー）の成長効率など、もはや常人同様！　開始イベントの時点まで、本来の肉体ポテンシャル以上の成長は不可能！　スタートラインを強制的に成長時点とすることで幼少時の成長機会を奪う――戦闘型に対する天敵たるD(ダーク)メモリ！　それが【悪役令嬢(ネガ・フェアレディ)】！」

十七年ものIP凍結。尋常の速攻型が世界救済を完了してしまうほどの長期間、シトの【超絶成長(ハイパーグロウス)】は死に札となっている。【全種適性(オールマイティ)】すら、多種多様なスキルにまで手を伸ばせるだけの経験点の余裕はなかったことだろう。

一方で【英雄育成(トップブリーダー)】は他者の成長に作用するC(チート)メモリである。転生者(ドライバー)自身の成長が制限された状態にあっても、その穴を抜けることが可能だ。

レイは一切の誇張を行っていない。互いの転生者(ドライバー)自身の肉体的な成長の機会を奪った上で社会戦を仕掛ける【悪役令嬢(ネガ・フェアレディ)】には、自分自身では戦わぬ内政型以外で勝つことはできない。その上このメモリを用いるのは、元より内政型の天才である、あの黒木田(くろきだ)レイなのだ。

黒木田(くろきだ)レイが、真の全力で戦うことを選んだ。関東大会予選で打倒した純岡(すみおか)シトに、彼女がそうするほどの真価があるのだとすれば。

テンマは牙をむいて笑った。

「――ならばどう戦う。敵の領域に自らが引きずり込まれた時、洞察が一切通用しない時。君はどのように戦術を組む……純岡(すみおか)シト！」

＃

十七年暮らしたこの家を、レイ・エクスレンは立ち去ろうとしている。

——追放。エクスレン家の莫大な資産の継承順位も下げられ、僅かな財産と直属の使用人達だけを連れて、遠くの領地で余生を過ごすことになるだろう。

「きみ達はただの使用人じゃない」

馬車に積み込まれていく荷物を見送りながら、レイは背後に控える使用人達に告げた。

「エクスレン家は、仕える者の家柄も見ているからね。きみ達だって、家に帰ればもっと良い生活を送れるだろう。ぼくに付き合って、きみ達まで追放の憂き目を負うことなんかない」

「いいえ！　これまでのご恩を忘れ、お辛いレイ様を置いて、何故私一人だけが家に戻ることなどできましょうか！」

「そもそもフィルハルト様の婚約破棄が不当！　戦うべきです！」

「私は当主様の判断にも納得していません……！　いくら地方領主扱いとはいえ、これではまるで追放同然ではありませんか！」

「自分は……他の者とは違い、元は奴隷の生まれを拾っていただいた身ですっ！　最後までお供いたします！」

使用人達が口々に叫ぶ。

予定調和だ。【超絶交渉（ハイパーコミュ）】で心酔させた召使（オプション）達は、決してレイを裏切ることはない。

【基本設定（ベーシック）】による保護があるとはいえ、涙ながらにレイを弁護する彼女らへの罪悪感がないわけではなかったが、【悪役令嬢（ネガ・フェアレディ）】の運用において、転生（ドライブ）開始時点の召使（オプション）は貴重な戦力である。

「……ふふふ。ここからは、とても苦しいかもしれないよ？」

嘘ではない。レイは、彼女らに敵対教団を滅ぼさせるつもりでいるのだから。

仲間。支援者。ヒロイン。異世界において転生者（ドライバー）が支配した住人は召使（オプション）と呼称される。

異世界に生きる人間をまるで道具のように使い潰してさえ、【基本設定（ベーシック）】はその罪悪感すら削り取ってくれる。

「もちろん、覚悟の上です！」

「私がお世話いたします！　レイお嬢様！」

「……うん。信じてるよ」

彼女らの忠誠は本物なのだろう。少なくとも、彼女らの主観においては。

何度も転生（ドライブ）を繰り返してきた中でも、レイは異世界の住人の心を疑ったことはない。

だがそれでも、それは彼女にとっての本物ではないのだ。

（……シト）

シトは【悪役令嬢(ネガ・フェアレディ)】に対して完全に劣勢の、直接戦闘型でレイと戦うつもりだ。

けれどきっと、この程度で負けるような敵ではないのだろう。

全力を尽くさなければ、レイは負けてしまうのだろう。これまで敢えて手を染めたことのない戦術すら用いる必要がある。相手は純岡(すみおか)シトなのだから。

(もしも君が……もっと弱かったなら。ぼくは世界を滅ぼさずにいられたのかな)

自分を負かした敵であるから、シトのことを想わずにはいられない。

ならば最初から負けず、想うこともない方が良かったのだろうか。

◆

レイ・エクスレンの追放から一年の月日が経(た)つ。

シトはこの日、レイが治める辺境の地を訪れていた。広場には多数の冒険者達が集い、武装している者もいる。見るものが見れば反乱の兆候と捉えられてもおかしくない。

設(しつら)えられた壇上で、メイド姿の女が声を張り上げている。

「これは聖女レイ・エクスレン様の、名誉あるお側仕(そばづか)えの職務です!」

この招集の表向きの名目は、戦地の慰労へと赴くレイの護衛兵の選抜である。

「どのような生まれの者であろうと、レイ様はあなた方に等しく教育を授けてくださいます。

ですのでこれは実力を測るものではなく、自覚持たぬ者をふるい落とすための面接であるとお心得ください！」

メイド服の女は、レイの直属の使用人の一人だった。冒険者達の中に身を潜めながら、シトはレイの現在の戦術について考察を進めている。

（宗教対立レギュレーションの場合、攻略セオリーは両勢力の和平。だがアンチクトンとして戦う限り、黒木田(くろきだ)の勝ち筋はある程度限定されるはずだ。この面接の実態は、戦局介入のための私兵の雇用。両勢力を滅ぼすことでも、D(ダーク)メモリ使いの黒木田(くろきだ)はＩＰを獲得できる……！）

人類に甚大な被害を与えつつこの宗教対立世界の世界救済を行う道は、多数の生贄が投じられ根源邪神が覚醒するよりも早く、片方の勢力を殲滅すること。ＩＰ獲得の都合からすれば、恐らくは自身の属していたファルア教への復讐(ふくしゅう)という形を取るのだろう。

ならば、いずれ彼女が何らかの形で兵力を集めることは読めていた。

（……黒木田(くろきだ)が政治上の地位を固めれば、古くからの側近以外が彼女自身に近づく機会はなくなるだろう。外部の者にとって、ただ一つ直接攻撃(ダイレクトアタック)の好機があるとすれば……自由行動が可能になった序盤のこの時点しかない）

直接攻撃(ダイレクトアタック)。レイに世界を滅ぼさせることなく勝利する最も確実な手段はそれだ。

故にシトのオープンスロットには、その戦術を前提としたC(チート)メモリが装填されている。

「シータ・グレイ」

転生体（アバター）の名が呼ばれる。シトは答えた。

「うむ。俺か」

「まずはあなたの班から、直接の面通しを行いたいとのことです。夕食を終えた後、この紙片に記された部屋に集まるように。案内は必要ですか？」

「無用だ。地図があれば道順は分かる。中々肝の座ったお嬢様みたいじゃねえか。ゲヘへ」

「レイ様への無礼は許しませんよ。……次！」

名前のみではない。野性味を感じさせる髭面（ひげづら）に、無骨な手斧（ておの）。本来のシトとは全く異なる姿形と言葉遣いの転生体（アバター）であった。

あらゆるスキルに適性を得る【全種適性（オールマイティ）】及び架空の身分を纏（まと）う【正体秘匿（アンノウン）】の複合による転生体（アバター）偽装。普段の純岡（すみおか）シトを知る者が相手であるほどに、その裏をかくことができる。

「……正念場だな」

多数のデコイの中に紛れての暗殺は、【正体秘匿（アンノウン）】の真骨頂ともいえる。冒険者が町に集い、そしてレイの護衛を兼ねる使用人達が常駐していない今ならば、奇襲が可能だ。

「当初の戦略は潰されたが……黒木田（くろきだ）を止めるには、やはりこの一手しかない」

◆

純岡(すみおか)シト　IP23,620　冒険者ランクD

オープンスロット：【超絶成長(ハイパーグロウス)】【正体秘匿(アンノウン)】【全種適性(オールマイティ)】

シークレットスロット：【？？？】

保有スキル：〈UNKNOWN〉〈UNKNOWN〉〈UNKNOWN〉〈UNKNOWN〉〈UNKNOWN〉〈UNKNOWN〉〈UNKNOWN〉〈UNKNOWN〉〈UNKNOWN〉〈UNKNOWN〉他8種

黒木田(くろきだ)レイ　IP45,998　冒険者ランクD

オープンスロット：【悪役令嬢(ネガ・フェアレディ)】【超絶交渉(ハイパーコミュ)】【英雄育成(トップブリーダー)】

シークレットスロット：【？？？】

保有スキル：〈政治交渉B＋〉〈礼儀作法B〉〈宗教学B〉〈扇動D〉〈美貌の所作A〉〈完全言語

D〉〈鑑定C＋〉〈カリスマC＋〉〈農業C＋〉〈公共事業D〉〈ファルア法術B〉他5種

◆

（……妙だ）

広い屋敷の廊下を、シトはただ一人で歩いている。

シトを含む何人かの班で面通しを行うと聞いていたが、他の冒険者どころか、使用人の影すら見当たらない。

既に夜の帳が下りているが、光の法術に照らされた屋敷は煌々と明るい。

（俺以外は呼ばれていないのか？）

隠匿している〈奇襲感知C＋〉で警戒を行いつつ、指定された部屋の前に立つ。罠の可能性は高い。十七年ものＩＰ凍結による戦力低下は大きいはずだ。

（仮に罠ならば……逃げたとしても、追撃されるだろう。何も知らないように装い、戦闘だけは避けなければ。できるか……？）

この場で奇襲を受けた場合、シトの戦力の程を露呈してしまう可能性があった。

室内からの射線を避けるように位置取り、扉を開ける。手斧の柄に指をかける。

「入っていいよ」

促す声があった。忘れようもない、黒木田（くろきだ）レイ本人の声。

シトは扉の影で構えを解き、まるで無造作な傭兵（ようへい）のように装いつつ踏み込む。

「どうも、お邪魔す……」

シトの言葉は止まった。部屋の中に居るのは一人だ。

十八歳の姿に成長したレイがそこにいた。

部屋は彼女の自室であった。

「………。すまな……いや、失礼。噂通りの……別嬪（べっぴん）さんだったんでね」

「うん。ありがとう。そこに座って、話をしようよ」

「………」

「久しぶりだね」

閉じた唇の両端を吊り上げる、真意を悟らせない笑み。既に状況は明白である。

世界のどこかに潜む純岡（すみおか）シトを釣り出すために、レイは絶好の奇襲の機会を自ら作った。

「なぜ俺の正体に気付いた」

「ふふふ。もっと異世界の社会制度を勉強しないと駄目だよ。確かに【正体秘匿（アンノウン）】で作ったきみの身分は、信頼に足るファルア教の黒豹聖堂部隊（くろひょうせいどうぶたい）の一人だ——けれど【正体秘匿（アンノウン）】は既に存在する誰かに成りすますこともできないし、転生者（ドライバー）の記憶を直接改竄（かいざん）することもできない」

「だが……この俺を調べたところで矛盾が出るはずがない。【正体秘匿（アンノウン）】は過去にまで遡って完璧な偽装身分を纏うC(チート)スキルのはずだ……！」

「ファルア教徒なら必ず、子供の頃に洗礼を行っているのは知っているだろ？　この世界の聖女は、洗礼の記録だって見られるからね。毎日のようにそれを眺めていれば、どんな経歴の誰が新たに現れたのかくらい分かるさ。きみが【正体秘匿(アンノウン)】を使う時、どのページの文章が一行分ずれて、誰の名前がそこに挿入されたのか……シータ・グレイ。日によって消えたり現れたりする名前が、この世界への干渉で追加されるきみの偽装身分だ」

「この招集に応じた者を調べたのではなく……それよりも遥かに前から……個人情報記録を直接監視していたのか……！」

ただ決定するだけで無限の努力を可能とする、【基本設定(ベーシック)】。そのC(チート)スキルを応用すれば確かに、そのような地道すぎる作業すらも不可能ではないのだろう。

聖女の護衛は冒険者にとっても条件の良い依頼だ。集った者の中には、【正体秘匿(アンノウン)】を用いるシト以上に胡乱(うろん)な経歴の者もいたはずである。だが彼らはその実、隠れ蓑(かくれみの)として機能していなかった。

シトは無防備にその正体を晒(さら)したまま、敵の懐へと飛び込んでいたのだ。

「……でも、さすがだよ。今日ばかりは偶然、ぼくの護衛も出払っていてね。屋敷にはぼくだけだ。ね。二人きりだよ、シト」

「白々しいことを……偶然を装って護衛を遠ざけていたのも含めて、俺を誘(おび)き出(だ)すための罠だったのだろう」

「――ふふふ。そうかも。確かめてみる？」

レイが身を乗り出すと、薄い夜着が揺れる。彼女は無防備に首筋を晒した。

シトが容易に攻撃できる間合いに、自分から。

「う……」

白い首筋を前にしたシトは、震えた。

一方のレイは死（し）の淵（ふち）に足をかけていながら、薄く微笑みを浮かべている。

シトの思考はめまぐるしく巡った――レイの言葉と微笑みに、大いにその判断を惑わされていたとしても。

転生者（ドライバー）としての賭けと読みが問われる一瞬だった。

（【無敵軍団（ネームドフォース）】の兵。違う。ならば自分から距離を詰めるリスクを負う意味はない。【超絶成長（ハイパーグロウス）】による防御スキル一点特化。彼女の側も経験点はギリギリのはずだ。内政に有効となる交渉スキル以外に経験点を回していたはずがない。もしも、ブラフ……防御手段が他にあるのだと、シークレットのC（チート）スキルを誤認させようとしているのなら――）

目を強く瞑（つぶ）り、全ての思考を遮断する。

レイに勝つためには、そうしなければならない。異世界での出来事だ。【基本設定（ベーシック）】が、当然あるべき罪悪感と恐怖を殺（そ）ぎ落（お）とす。

シトは手斧を一息に振り下ろした。

彼自身が想いを寄せる少女の首を断ち切ることもできる。

「……っ」

だが、それは起こらなかった。斧は、触れるほどに近いレイの首を外れた。

シトは再び斧を振るった。重い刃が間近な衣装棚を破砕したが、それだけだ。

「効かないよ。わかってるでしょう？」

「この……Cメモリ(チート)は……！」

華奢(きゃしゃ)なレイの体が、シトにひたりと体重を預けた。

文字通り、触れるほどの距離。握りしめれば折れてしまいそうな腰。

それでも永遠に殺すことができない。それが分かってしまった。

――【悪役令嬢(ネガ・フェアレディ)】の発動によって四種のCメモリ(チート)のうち二種が無効化されたシトには、一つの勝ち筋しか残されていなかった。直接攻撃(ダイレクトアタック)。故に内政型を誰よりも得手とする黒木田(くろきだ)レイは、当然それを熟知していた。

「黒木田(くろきだ)……！」

「ふふふふふ。……ね。攻撃以外のことはしないの？　……シト」

もっとも単純にして絶対的な、直接攻撃(ダイレクトアタック)封じ。

◆

純岡(すみおか)シト　IP23,620（−11,152）　冒険者ランクD
オープンスロット：【超絶成長(ハイパーグロウス)】【正体秘匿(アンノウン)】【全種適性(オールマイティ)】
シークレットスロット：【？？？】
保有スキル：〈UNKNOWN〉〈UNKNOWN〉〈UNKNOWN〉〈UNKNOWN〉〈UNKNOWN〉〈UNKNOWN〉〈UNKNOWN〉〈UNKNOWN〉〈UNKNOWN〉〈UNKNOWN〉〈UNKNOWN〉〈UNKNOWN〉他8種

黒木田(くろきだ)レイ　IP45,998　冒険者ランクD
オープンスロット：【悪役令嬢(ネガ・フェアレディ)】【超絶交渉(ハイパーコミュ)】【英雄育成(トップブリーダー)】
シークレットスロット：【不朽不滅(エバーグリーン)】
保有スキル：〈政治交渉B＋〉〈礼儀作法B〉〈宗教学B〉〈扇動D〉〈美貌の所作A〉〈完全言語

D〉〈鑑定C＋〉〈カリスマC＋〉〈農業C＋〉〈公共事業D〉〈ファルア法術B〉他5種

＃

観客席。ルドウとタツヤは同時に叫んだ。

「な……何やってんだ純岡(すみおか)ッ！」

「シト、どうしちまったんだよッ!?」

ミスプレイに驚愕(きょうがく)したのはルドウやタツヤのみではない。どの転生者(ドライバー)が見たとしても、あまりにも明白過ぎる失着。聖女の地位を持つ対戦相手への直接攻撃(ダイレクトアタック)失敗。

ただでさえ少ないＩＰが、反撃能力を持たぬ者への攻撃失敗でさらに消耗した。

剣(つるぎ)タツヤは、思わず席から立ち上がっていた。

「わ……分かってたはずだッ！　敵のオープンスロットに【正体秘匿(アンノウン)】が見えていたら、シークレットに【不朽不滅(エバーグリーン)】を差してくるだろッ！　内政型の転生者(ドライバー)が直接攻撃(ダイレクトアタック)を警戒するのは当然なんだ……！　ちくしょう……あのシトが、そんな簡単なシークレットを読み落としたってのか……!?」

「なんなんだクソッ……！」

彼らの隣で、サキがぽつりと呟く。

「……。アタシ、分かる気がする」

この結果を受け入れることができていた者が会場にいたとすれば、転生者ではなく、シトの情緒を察した星原サキただ一人であったかもしれない。

異世界におけるあらゆる出来事から精神を保護する【基本設定】があろうとも……否、それ故に異世界において超人的な精神力を発揮する転生者の心の基点は、こちら側の世界にある。異世界転生がゲームの世界を画面越しに覗き込んでいるのに等しい精神影響しか与えないのだとしても、基点となるこの世界で心が乱れていたとしたなら。

「だって……普通じゃいられないよ。だって純岡クン、黒木田さんのこと好きなんだもん……！　ＩＰとか……どんなＣメモリがあるかとか……好きな人を殺す時にそんなこと考えてられない……冷静に見えていても、冷静じゃなかったんだ……」

「クソッ……どうしようもねェんだよ……脳の誤作動ってのは……！」

ルドウは親指を噛む。そもそもそれは、第一回戦の時点でルドウが危惧していたことだ。

完全無欠の、一つの綻びのない転生者ですら……心の動揺で、あっさりと崩れる。

それは普段のプレイングが完璧である分、あまりにも滑稽に、手酷い形となって。

「成長イベントが全部飛ばされて、【超絶成長】と【全種適性】が駄目になった。加えてこれで……【正体秘匿】のアドバンテージも、ゼロだ」

あの鬼束テンマ戦ですら、このような手詰まりの状況ではなかった。しかも転生序盤、シトはＩＰすら一切獲得できていない。

――オープンスロットに存在する、三種のＣスキルの全てが。

「純岡の手札は、ブタだ！　この試合で使える札が、もう何もない！」

◆

一年前。駅前中央デパート五階、ゲームコーナー。先程まで黒木田レイを打ち倒そうとしていた挑戦者達は、尽くその気概を失ってしまっていた。

レイは柳眉を下げる。

首の辺りで二つ結びにした、細く長い黒髪。中学生離れして端麗な容姿。

中学生異世界選手権大会優勝者、黒木田レイ。同年代の転生者に、この可憐なる新星の名を知らない者はいないだろう。

「……困ったな」

ただの、同じ年頃の子供との野試合だ。アンチクトンの転生者としてデザインされた彼女と戦えるような強者が現れると信じていたわけではない。

それでも二人を同時に相手取って勝ってしまった以上、次は一対三のハンデを与えても良いと思っていたのだが。

「もう誰もいない？　こんな天才美少女中学生転生者（ドライバー）と戦える機会なんて、なかなかないのに。ふふふ」

この年に表舞台に現れた黒木田（くろきだ）レイは、瞬く間に新人中学生異世界選手権大会を優勝している。新人限定の大会とはいえ、紛れもなく中学最強の称号を持つ一人であった。

彼女は、勝つべくして造り出された天才であったからだ。

「レイさァん」

筐体の陰の暗がりから、声があった。

ひどく陰気で、そして聞き覚えのある声。

「こんなところで遊んでいて構わないんですか？」

「――銅（あかがね）か。きみこそ暇だね」

ゲームコーナーのギャラリーからは見えない筐体の陰には、学生服の少年が直立不動で佇んでいる。レイがかつて所属していた組織――アンチクトンの転生者（ドライバー）、銅（あかがね）ルキという。

「そんなに暇なら、きみがぼくと戦ってみるかい？」

「ご冗談を。シミュレーター上ならばともかく、もう我々は実戦過程に入っています。D（ダーク）メモリ使い同士の異世界転生（エグゾドライブ）はご法度ですよ」

「ぼくはもう組織を抜けたし、【悪役令嬢（ネガ・フェアレディ）】だって返上した。問題はないさ」

「ま、今の黒木田（くろきだ）さんと私のどちらが上かは多少興味もありますが……そのことについて、あらためて意思確認のために来たとお考えください」

死んだ魚の如き虚ろな目が、ゲームコーナーの照明を反射した。

「アンチクトンには、莫大な資金源があります。ドライブリンカー関連の特許権の一部は、ドクターの所有ですからね。身寄りのないあなた一人に、今後も援助を行い続けられるだけの資金的余裕は十分にあります――よって問題は額の大小ではなく、用途についてなのですが」

気怠げにレイを指差す。

「組織を抜けた無関係者には、いつまでも援助を継続することはできないということです。ドクター個人としては支援を続けたいとの意向らしいですが、我々が本格的に動く前に、その資金源を辿られて我々の存在が明るみに出てしまっては本末転倒ですからね。……脅迫のような物言いになってしまいましたが、既にレイさんが表の大会で名を知られてしまっている以上、これも当然の組織的判断でしょう」

「……そっか。仕方ないよ。そうなるのは当たり前だ。ドクターには……今まで育ててくれてありがとうって伝えておいて」

「これからどうされるおつもりですか？」

「そうだなあ……ぼくは天才だし、異世界転生の賞金で暮らしていこうかな？　あと、そうだ。これだけ可愛いんだから、雑誌モデルにだってなれるかもしれない。ケーキ屋でアルバイトもしてみたいな……」

「……レイさん」

「ふふふ……多分野垂れ死ぬさ」

世界を滅ぼしたくない。【基本設定(ベーシック)】のC(チート)スキルがありながら、何も捨てるもののない人造転生者(ドライバー)でありながら、取り返しのつかない罪を犯すことを恐ろしいと思ってしまった。

アンチクトンでの訓練の日々を覚えている。異世界転生(エグゾドライブ)の基礎戦術課程で水準以上の優秀さを示しながら、レイはD(ダーク)メモリを実戦で扱う段階にまで進めなかった。

彼女は、自分自身を失敗作であったと判断している。生まれてきた意味を果たせないまま死ぬしかないのなら、せめて普通の少女としての自由を謳歌した後がいいだろう。

「外の転生者(ドライバー)と戦うのが楽しみだったけど、きみ達と比べたら全然歯ごたえがないや。この前の大会だって、なんとなく勝っちゃったし。あとは……関東最強の外江(とのえ)ハヅキでも倒して、それで終わりにしようかな」

「組織を抜けたというのに、何故まだ異世界転生(エグゾドライブ)を？」

「好きだからさ」

レイは、目を細めて笑った。生まれてからその一つしか与えられていなかったのだとしても、それだけは確信を持って言えた。

自由を得た後でも、彼女は異世界転生(エグゾドライブ)を続けている。

「好きだから、滅ぼしたくないんだ」

しかし三日後、そんな彼女の世界は崩れ去ってしまう。

二度と取り返しのつかないほどに。

◆

「ウワアアアアアーッ！」

「勝ったぞ！　チャレンジャーが勝ったッ！」

「嘘だろ……相手はあの黒木田(くろきだ)レイだぞ……！」

転生レーンから姿を現した少年は、手の甲で額の汗を拭う。

鋭い、氷めいた表情のままだが、それでも今しがたの一戦の興奮と緊迫が残っているのが分かった。名を、純岡(すみおか)シトという。

喧騒鳴(な)り止(や)まぬ中、彼は対戦相手を振り返った。

黒木田(くろきだ)レイは押し黙ったまま前方の床に視線を落としていたが……その視線に気付いて、何事もなかったかのように笑みを作った。

「――すごいね。見事な転生(ドライブ)だった。まさか……このぼくが負けるなんて、思ってなかったよ。ぼくが……そっか、負けたんだね……」

「運が味方しただけだ。【王族転生(ブルーブラッド)】を読んでのシークレット【政治革命(ポリティカルR)】か……これほど強い転生者（ドライバー）が、まさか外江（とのえ）の他にもいたとは思わなかった。一手誤れば、負けていたのは俺だ」

「そう。ふふふ、楽しんでもらえたみたいで、何よりだな……」

「……お、おい」

レイを打ち負かした少年は、そこで狼狽（うろた）えた。初めて見るものに困惑していた。

「……どうしたの？」

「貴様……泣いているのか？　今のが失礼な物言いだったなら、謝罪する……」

「……え？」

レイは、自らの頬に触れた。温かな雫（しずく）が指を濡（ぬ）らすのが分かった。

「あ、あれ？」

気付いていなかった。

この程度の……何の責任も覚悟も伴わない、遊びの異世界転生（エグゾドライブ）で負けただけで。

「お、おかしいな……ふ、ふふふ。ごめん、ぜ、全然、なんでもないんだ。困ったな……なんでだろ……おかしいよね……」

「だ、大丈夫か……急病などではないか？」

「ぜ、全然……う、あ……平気、平気だから……」

泣いているわけではないのに、いつものように余裕の微笑みを作ることができているのに、涙を止める術が分からなかった。

顔を覆う掌（てのひら）でも止めることができなくて、レイの上着の袖までが濡れた。

外の世界に出てから、一度も負けたことがない。黒木田（くろきだ）レイは天才だった。

強い喜びも悲しみもなく、天才が当然そう定められているように、異世界転生（エグゾドライブ）を戦えば必ず勝つようになっているのだろうと思っていた。

アンチクトンの外では勝利の喜びが起伏のない繰り返しだったとしても、手を伸ばせばいつでもそこに置かれている勝利だけが、それ以外に何も持ち合わせていない黒木田（くろきだ）レイにとっては、確かなものだった。

「な、なんで……？」

それでも、あの時。

勝ちたいと思ってしまった。

「……」

「なんで、ぼくは、負けたの、かな……？」

レイは笑いのような顔で呟いた。感情を処理することができていなかった。

「……序盤だ。貴様は蛮族の国家に対し和平交渉を行った。結果として貴様の勢力は拡大し、多くのＩＰを獲得したが……効率で言えば和平でなく殲滅を選ぶ方がタイムロスは少なかったはずだ。その時間で俺は本国を攻略し、獲物だった【集団勇者（フラッシュモブ）】の討伐数を稼ぐことができた。

紙一重で俺と貴様の明暗を分けたものがあるとしたら……あるいは、そのアドバンテージの差だろう。最後の結果は、完全に取得ＩＰとスキルレベルの戦いだった」

「そ……」

東方から人里を脅かしていたオークの小国家。取るに足らぬ存在だった。無慈悲に殲滅したところで誰からも非難されることはなかっただろう。配下に加えた召使（オプション）の実力披露の機会に変えることも、和平を選んで度量と慈悲をアピールすることもできたのだ。

天才であるレイは、いつも気分の赴くままに選択して、そして勝ってきた。

「……そんなことで？」

「貴様は、蛮族を滅ぼさなかった。それに……最後に、民主的な選挙で勝敗を決めることにしたことも。最終戦争を起こしてはならないレギュレーションとはいえ……【無敵軍団（ネームドフォース）】を持つ貴様なら、武力でこちらの行動を縛ることもできたはずだった」

そうだ。言われてみれば、そう思える。

そんなことを徹底しなくても、勝てるのだと思っていた。

「貴様の転生（ドライブ）スタイルには優しさがある」

——優しさ。

そうだったのかもしれない。彼女はＤ（ダーク）メモリを返上してなお、人を傷つけることを無意識のうちに恐れていたのかもしれない。

内政型のデッキで対戦相手の動きを縛り、無血でＩＰを稼ぎ、現地の人間の力で世界救済を果たす。天才であるレイは、気分の赴くままに戦っても、勝つことができた。

優しさ。そんな取るに足らないことに足を取られて、初めて負けた。

「ち、違う……ああ……こうじゃない……本当は、こんなじゃないのに……か、かっこ悪いな、ぼく……」

レイは、純岡シトを見た。この少年の顔を、表情を、二度と忘れたくないと思った。

勝利を初めて奪われた。敗北の恥辱を思い知らされた。黒木田レイの世界をここまでかき乱しながら、彼は、それがどれほど重いものであったかを理解できていないだろう。

たった今まで、彼女自身にもそれが分かっていなかったように。

「……本当は、こうじゃないんだ。どこに行けば、きみとまた戦えるかな……」

「このゲームコーナーではだめなのか」

「違う。もっと……もっと、本当の戦いがいい」

アンチクトンとしての存在意義を果たせなかった彼女に、生きる目的などないはずだ。いずれ忘れ去られ、消えていく運命を受け入れているつもりでいた。

今は違う。この少年に——純岡シトに勝たずにはいられない。

レイがこれまで勝ち続けてきた相手のような、取るに足らない敵の一人のように忘れられたくない。たとえば誰もが彼女らの転生を見る中で、自分の方が上なのだと刻みつけるまで、決して死ねない。

「異世界全日本大会」

「……全日本大会……」

「俺は関東地区予選にエントリーする。外江（とのえ）ハヅキを倒さなければならない」

「……そう。リベンジしたい相手がいるんだ」

「ああ、必ず借りを返す」

彼もまた、敗北の屈辱を味わったことがあるのだろう。

ならば黒木田（くろきだ）レイよりも大きなものを奪われたのだろうか？

そんなはずはない。断じて。

……全日本大会。その戦いに出たなら、この純岡（すみおか）シトともう一度戦うことができる。いずれ戦うつもりであった、関東最強の外江（とのえ）ハヅキとも。

全てを取り戻すことができる。

「純岡（すみおか）シト――」

彼の顔を忘れることのないように、瞳の寸前まで近づく。真剣に彼を見つめた。

「シトって呼んでいい？」

「……な、なんだと……!?」

「ぼくも、関東地区予選に出るよ。こんな無様な戦いは、次は絶対にしないから」

彼女は人造転生者（ドライバー）だ。優しい転生（ドライブ）スタイルなど、元より大した拘（こだわ）りではない。そんなことよりもずっと、彼を打ち負かしたい。

涙を拭く。いつものように、余裕のある笑みを。そうでなければ、天才で、美少女の転生者（ドライバー）ではないから。

「本気の転生（ドライブ）で、きみを倒してあげる。シト」

＃

「……いかがなされましたか、レイ様」

レイは瞼（まぶた）を開けた。

柔らかなランプの光に照らされた、邸宅の自室。異世界転生（エグゾドライブ）の最中だった。

異世界全日本大会トーナメント本戦、第二回戦。今のレイはあの日望んだ通りに、純岡（すみおか）シトと戦っている。

「ん？　別に、何もないさ」

「物思いに耽（ふけ）っておられるようでしたので」

「……そうかな。気のせいだよ」

優しさを切り捨てた結果として、黒木田（くろきだ）レイはこの転生（ドライブ）で勝利を収めつつある。古傷のように心の中に想い続けた純岡（すみおか）シトを、今、ようやく乗り越えることができる。

あの襲撃の日以来、シトの行方は杳（よう）として知れない。レイがどれだけ望んでも、シトが再び彼女の前に姿を現すことはなかった。

　レイの勢力に対抗しうる強者の情報は漏らさず集めるよう従者に指示しているが、シトには【正体秘匿（アンノウン）】のC（チート）スキルが存在する。シータ・グレイという偽装身分が看破された以上、別の偽装身分を作っているかもしれない。彼ほどの転生者（ドライバー）ならば、レイの捜索の目を潜（くぐ）り抜（ぬ）けることもできるだろうか。

（……まさか。本当に打つ手がなくなってしまったなんてことは、ないよね。シト）

　望んでいるが、恐れてもいる。こうまで呆気（あっけ）なくシトに勝ててしまうのなら、黒木田（くろきだ）レイは世界を滅ぼす必要すらないのだから。

【英雄育成（トップブリーダー）】によって世界最強の護衛にまで成長させた使用人。複数の形態に分散して隠し、【経済革命（エコノミカルR）】でも容易に突き崩せぬ資産。そして【超絶交渉（ハイパーコミュ）】を使いこなす天性の資質で張り巡らせた人脈。

　これから先どのような形でシトが出現しようとも、全てを味方につける準備は整っている。世界救済まで残り僅かな地点にまで駒を進めてもいる。教主選挙を裏で手引きして、ファルア教の主要聖職者を一つの街に集めている。

　この世界を脅かす死者の軍勢『呪われし者』を街に誘導し……ファルア教の指導層が全滅すれば、勢力図は一方的にラダム教に傾き、いよいよ宗教対立は終息に至るはずだ。

「……レイ様。本当に、このまま計画を進めてしまってもよいのですか」

レイの部屋を守る従者は、一人だけだ。それでも【英雄育成（トップブリーダー）】で育成した世界最強の護衛である。彼女はレイに完全な忠誠を誓っていたものの、それでもこれから為（な）そうとする事態の重大さへの恐れは大きいようだった。

「もちろんだとも。言っただろう？　ぼくは、ぼくを見放したファルア教への仕返しのために生きているんだ。……今になって叡智（えいち）の聖女だとか呼んで手の平を返したって……もう遅いさ。結局、彼らはぼくのお金が欲しいだけなんだから」

「も、もちろんそれは……私達が皆、あの日に誓ったことです。どこまでもレイ様にお仕えし、レイ様の復讐のためにこの命を使うと。け、けれど……」

「アリシアは戦争をするのが怖い？　ぼくより彼らの方を助けたいなら、いつだってそうしていいとも。ぼくは止めはしないよ」

「いいえ。その。そうではなく……私……私が案じているのは、きっと……レイ様のこと、なのだと思います……」

「……ぼくを？」

「私は……正義のことも、政治のことも分かりません。実家からは見捨てられて、剣の才覚だけで幸いにもレイ様のお傍仕（そばづか）えをさせていただいている、無学な女ですが……それでも、幼い頃からレイ様のことを見ておりますから」

異世界には、時折このような言動をする者がいる。転生者(ドライバー)の本来の人生を知る由もないのに、【基本設定(ベーシック)】で制御されているに過ぎない転生体(アバター)の人格を見て、彼女らを理解したつもりでいる。

「……たまに、考えることがあるのです。これまで……何人もの人を殺(あや)めてきました。けれど私が手を汚した時に苦しんでいたのは、本当は私ではなく……レイ様なのではないかと……」

「……っ」

レイは、平静を保つことができた。少なくとも、表情だけは。

陳腐な台詞(せりふ)だ。滅びに瀕した世界は、得てしてその全体が単調化する傾向にある。これも転生者(ドライバー)が繰り返し遭遇するような、そうしたパターンの一つに過ぎない。

「……今さら大した違いじゃないよ。和平派の枢機卿(すうききょう)も、改革派の貴族も消してきたんだ。後戻りするつもりはない」

そうだ。闇の中に戻ることができる。アンチクトンにいた時のような、本来のレイ自身に。

ただ一人への執着に苦しまなくていい、自由に。

運命の日は明日。純岡(すみおか)シトが来ても、そうでなくても、彼女は集った人々を滅ぼして、世界救済を成し遂げるだろう。

全てを忘れ去ってしまえることは、とても素晴らしいことのように思えた。

◆

純岡(すみおか)シト　IP228,234,578　冒険者ランクA

オープンスロット：【超絶成長(ハイパーグロウス)】【正体秘匿(アンノウン)】【全種適性(オールマイティ)】

シークレットスロット：【？？？】

保有スキル：〈UNKNOWN〉〈UNKNOWN〉〈UNKNOWN〉〈UNKNOWN〉〈UNKNOWN〉〈UNKNOWN〉〈UNKNOWN〉〈UNKNOWN〉〈UNKNOWN〉〈UNKNOWN〉〈UNKNOWN〉〈UNKNOWN〉〈UNKNOWN〉〈UNKNOWN〉〈UNKNOWN〉〈UNKNOWN〉他46種

黒木田(くろきだ)レイ　IP636,198,629　冒険者ランクS

オープンスロット：【悪役令嬢(ネガ・フェアレディ)】【超絶交渉(ハイパーコミュ)】【英雄育成(トップブリーダー)】

シークレットスロット：【不朽不滅(エバーグリーン)】

保有スキル：〈政治交渉ＳＳ＋〉〈籠絡ＳＳ＋〉〈礼儀作法ＳＳ〉〈宗教指導Ａ〉〈大扇動ＳＳ〉〈軍勢指揮Ａ〉〈美貌の所作ＳＳ〉〈完全言語Ｓ〉〈完全鑑定Ａ〉〈カリスマＡ＋〉〈農業Ａ＋〉〈公共事業Ｓ〉〈ファルア法術Ａ〉他29種

＃

「ねえ」

試合は決着へと向かって進みつつある。

緊張に包まれた会場の中で、星原(ほしはら)サキはその異変に気付いた。

「さっきから、ずっとなんだけど……純岡(すみおか)クンのイベント、何も起きてないよね……画面に映ってるの、黒木田(くろきだ)さん側の動きだけで……」

注目に値する功績も、自ら引き起こした行動もない。そのような状態の転生者(ドライバー)は、超世界ディスプレイの画面に映ることもない。

我らが純岡(すみおか)シトは、自らの手酷い失敗に心折れ、降参(サレンダー)を選ぶ潔さもなく、ただ対戦相手の世界救済を待つばかりでいるのだろうか？

「……ああ、おかしい。絶対おかしい。そいつをさっきから考えてる」

大葉(おおば)ルドウが答えた。多少でも異世界転生(エグゾドライブ)の知識があるなら、これは本来あり得ない盤面であることがわかる。

たとえ身元の特定を不可能にする【正体秘匿（アンノウン）】を用いていたとしても、それは異世界の中でのみ通用するものだ。元の世界の観客にまで情報が伏せられ続けるわけではない。超世界ディスプレイは常に、ドライブリンカーを装着した転生者（ドライバー）が発生させたイベントを追跡しているはずだからだ。

そして、ステータス画面。

レイに遠く及ばぬまでも、純岡（すみおか）シトはIPを稼ぎ続けている。IPの獲得とは、すなわち超世界ディスプレイが追うべきイベントに他ならない。レイの側だけが映り続けているこの現状そのものも、明らかに異常なのだ。

「…………。もしも、そういうことだとしたら辻褄（つじつま）が合う……だが、ンなことしたところで、それで黒木田（くろきだ）に勝てるか……？　何のためだ？」

「タツヤはどう？　何が起こってるか分かる？」

「全然分からねえ！　けど、シトがまだやるつもりなら……あいつは絶対に黒木田（くろきだ）の虐殺を止めるはずだ！」

タツヤは常に直感で異世界転生（エグゾドライブ）を戦っている。彼はCメモリ（チート）ではなく、転生者（ドライバー）を見て判断しているのだ。

「あのシトが……！　友達を見捨てるわけねえだろ！」

♯

転生開始(ドライブ)から二十四年。

朝方からの雨が、教徒の集う大教会の外で鳴り響いている。教主選挙のために集った群衆は、街に迫りつつある脅威をやり過ごすべく、この大教会の中に避難していた。

「神は……俺達を守ってくれるだろうか」

息を潜める群衆の中にあって、一際目立つ高貴な身なりの若者がいる。

かつてレイの婚約者でもあった、フィルハルト・ロートローゼンである。第三王子の身でありながら、一介の聖女見習いに過ぎなかったサラ・アルティリーの護衛騎士へと志願した事件は、民の記憶にも新しい。

「情けない。何を弱気なことを言っているのですか。これからの世の中は神にばかり頼るのではなく、私達が自分自身を守らなければならないのですよ。そのための教主選挙です」

「すまない……サラ。君のことは、俺の命にかえても守るつもりだ。しかし『呪われし者』の軍勢は山一つ向こうにまで迫ってきているという話ではないか。レイの兵が防衛をするという話はどうなったのか……彼女を信用すべきかと迷っていてね」

「そうした態度が、情けないと言っているのです！」

聖女らしからぬ率直な物言いで、サラは第三王子を咎めた。

「そもそもレイさんが追放されたのは、ほとんどフィルハルト様のせいではないですか。辺境の土地をただ一人で復興して、恨み言一つ言わずに私達を庇護してくれているというのに、そのような方を悪く言うなんて信じられません！」

「う、うむ。そうだ。そうだったな。若気の至りとはいえ、彼女には悪いことをした」

新たな婚約者の剣幕から逃げるように、フィルハルトは窓の外に目を向けている。雲もないというのに空が暗い。『呪われし者』の接近に伴う、暗黒の兆しだ。死者の軍勢は相当に近づいてきているのではないか。

そして事実、フィルハルトが予感している通りの事態が起こりつつあった——教主選挙の護衛を任されたレイの兵が防衛線をわざと開け、街の付近にまで密かに誘導した『呪われし者』の群れが、雨霧に紛れてファルア教の要人を虐殺する。それがこの状況の裏で仕組まれている計画である。

この教会に集う聖職者の中には高位法術を操る聖女も何人か混じっているが、大陸最強に近い精鋭で構成された護衛軍の裏切りと、街を呑み尽くすほどの数の『呪われし者』の前では、誰ひとりとして生き延びることはできないだろう。

「サラ……」

フィルハルトが不安げに婚約者の名を呼んだ時、それが起こった。

雨音に紛れて軋んでいた町の門が、その時破砕された。

爆ぜ割れた木材の隙間から、不浄そのものが流れ出るように——蠢く死者たる『呪われし者』の波は、市街を呑み込まんばかりに押し寄せた。

「そ、そんな……！」

気丈なサラも、恐るべき破滅の兆しに身を強張らせた。死者の軍勢。彼らに殺された者は、全て『呪われし者』になる。命あった頃どれほど慕われていても、聖女でさえも。

「ひッ、ひぃッ」

フィルハルトは剣を抜いたが、数万の死者の軍勢を前にどれほどの役に立つだろうか。

群衆の誰かが叫んだ。

「もう駄目だ……！　皆死ぬんだ！」

「護衛軍は何をやっているんだ!?　ま、まさか全滅したのか!?」

彼らの視点からは、そうとしか考えられなかった。大陸最強の軍隊すらも敗北したというのなら、もはや人類に打つ手はないのだ。

「だ、大丈夫だ……護衛騎士として、俺が君を守る……サラ！」

フィルハルトが、震える声で叫んだ。

けれどその声もかき消してしまうように『呪われし者』の虚ろな吠え声が教会を囲んでいて、群衆の間に恐怖が伝播していく。

混乱。悲鳴。絶望。

今にも扉が破られ、死が押し寄せる――と思われた。

「い、いいかッサラ！　俺の背中から出るな！　剣術の訓練の成果を……」

「待って、フィルハルト様。今……蹄(ひづめ)の音が」

雨音に混じって、馬が駆けている。その音は教会の外をぐるりと回って、それが通り過ぎた後には『呪われし者』の呻きは消えていた。

何者か――恐ろしく強大な何者かが、たった一回りで、数百体はくだらない『呪われし者』を、一瞬にして殲滅したと理解するしかなかった。

その何者かが、扉の外から叫んだ。

「――皆の者！　もはや恐れることはない！」

教会に集う人々の前に現れたものは、黒き甲冑(かっちゅう)に身を包んだ騎士であった。

騎士が掲げる盾には……彼らの対立教派であるはずの、ラダム教の紋章が刻まれている。

「我が名はラダム教の特一級正統騎士、シータ・グレイである！　レイ・エクスレン様の懇請に応じ、諸君らを余さず救うために来た！」

◆

「……この時を狙っていたんだね、シト」

黒木田(くろきだ)レイは教会の様子の一部始終を、遠隔視のスキルで把握している。

レイが積み上げてきた計画を、まるで見計らったかのように横から突き崩す展開。

しかしレイは狼狽(うろた)えるどころか、嬉しげな微笑みを浮かべてすらいた。

「きみには直接攻撃型(ダイレクトアタック)の札しか残っていない——ぼくの計画に割り込むとしたら、そうするよね」

C(チート)スキル【正体秘匿(アンノウン)】は、現在の身分を好きなように偽装し、それを周囲に信じさせることができる。ファルア教の高位聖職者達の危機をラダム教の騎士が救えば、それが両教団和解の大きな契機になり得るとシトは考えたはずだ。

「だけどきみは、ぼくの名前を出すしかない。ラダム教は救援の指示など出していないから。ぼくからラダム教への救援要請があったように既成事実を作って……ぼくが自分自身の手で、二つの教団の間を取り持たざるを得ないように仕向けているのか。ふふふふふふふ……」

無意味な試みだ。

——既に盤石の勢力基盤を築いているレイが、この駆け引きに乗る理由などない。

シトの側は【悪役令嬢(ネガ・フェアレディ)】によって序盤のアドバンテージを全て失ったとはいえ、婚約破棄イベントの後であればオープンスロットにある【超絶成長(ハイパーグロウス)】と【全種適性(オールマイティ)】の組み合わせによる成長は続いていたはずだ。シトは弛(たゆ)まぬ鍛錬で、『呪われし者』を一掃できる程度の戦闘力をこの終盤で得たのだろう。だが、それだけだ。

「エリス。通話法術でアリシアを呼んで。あの黒騎士を始末させよう」

その戦闘の領分ですら、純岡(すみおか)シトに勝ち目は残っていない。

C(チート)スキルによる成長は指数関数的な曲線を描く。成長ボーナスの獲得期間の差が、この終盤では歴然とした大差となって現れるのだ。

転生から二十四年経過した今でも、純岡(すみおか)シトはたった七年分の成長しかできていない。

さらに【不朽不滅(エバーグリーン)】を持つレイ自身には護衛の備えすら必要なく、陣営が有する最強の戦力を自在に動かすことができた。シトに成長機会を与えなかった転生序盤(ドライブ)から十五年近く、【英雄育成(トップブリーダー)】で育て上げた最強の護衛だ。それがアリシア。

「……ねえエリス。アリシアからの返事は？」

「そ、それがッ……応答がありません！」

「……なんだって？」

「その、アリシアが……さっきから通話法術を使っているのですが……黙ったままで……！」

「――アリシアが!?」

レイは、あり得る可能性について思考した。

全てを無力化されたシトにも、一本だけＣ（チート）メモリが残されている。

シークレットのＣ（チート）メモリ。

（【超絶交渉（ハイパーコミュ）】での調略。……違う。アリシアが不審な動きをしていたら気付けたはずだし、ぼくだって裏切り封じの【超絶交渉（ハイパーコミュ）】を持ってる。【後付設定（サプライズ）】。万が一それでアリシアを倒せたとしても、その後がない。【無敵軍団（ネームドフォース）】や【英雄育成（トップブリーダー）】……これなら【悪役令嬢（ネガ・フェアレディ）】の影響下でも戦力を育てられる。でも、どうやって隠した？　【正体秘匿（アンノウン）】の効果は自分自身にしか及ばない！　アリシアに匹敵する戦力をこの世界で育てていたのなら、ぼくに隠し通したままではいられなかったはず……！）

転生者（ドライバー）やその召使（オプション）が異世界で成長し力を振るうためには、ＩＰを稼がなければならない。それは異世界転生（エグゾドライブ）の大原則だ。裏を返せば、それが転生者（ドライバー）であれ強化された召使（オプション）であれ、転生者（ドライバー）と戦えるほどの存在である限り、名声を上げずにはいられないはずなのだ。

レイは、この世界のほぼ全ての情報と戦力を掌握していると言っていい。この状況を覆せるものがあるとすれば、Ｃ（チート）スキルだけだ。

ならば純岡（すみおか）シトは何をしているのか？　どのようにしてレイの監視の目を潜り抜けたのか？

「……ああ」

レイは椅子の上で背を丸めて、両腕の間に顔を伏せた。

「レイ様……」

「ああ……ああ。それでこそシトだ……！　あの時みたいに……また、ぼくの予想を超えて！　そうだ……強いきみじゃなければ、勝つ意味なんてない！　シト……！　ぼくはやっと、きみと戦っている。きみが、本当のぼくだけを見ている……！」

　遠隔視のスキルが、シトの戦いを伝えてくる。黒騎士が通り抜けるたびに『呪われし者』は粉々に飛び散り、黒雲の如き軍勢がたった一条の稲妻に引き裂かれるかのようだ。獅子奮迅（ししふんじん）の活躍が見える。

「レイ様……黒騎士がたった一人で『呪われし者』を全滅させて……！　こ、このままだと、教会から貧民街を抜けて、この屋敷に来るのでは……！」

「……みんな、先に逃げて。彼とは、ぼくが一人で話をする」

「レイ様！」

「ぼくは死んだりしないさ。きみ達が傷ついてしまう方が、ずっと大きな損失だ」

　唇の両端を上げて、レイは微笑んだ。

　以前シトと戦った時とは違うのだ。いつものように笑えて、絶対の自信と余裕がある。

　心の赴くままに振る舞って、常に勝利する天才になれる。

◆

「よく来たね」

この世界でかつて会った日の再現のように、黒騎士とレイは一対一で対峙した。

仮に【不朽不滅（エバーグリーン）】がなかったとしても、この世界で絶対的な地位を築き上げたレイに対して攻撃することは、もはやＩＰ的な自殺行為に等しい。内政型による社会貢献の強みはそこにある。第一回戦での銅（あかがね）ルキがそうだったように、現在の純岡（すみおか）シトが黒木田（くろきだ）レイを直接攻撃（ダイレクトアタック）することはできない。

「黒騎士くん。シトを連れてこなくてよかったの？」

「その必要はない。俺が純岡（すみおか）シトだ」

「……ふふふ。それは嘘だよ」

シト本人では、あれだけの戦闘能力は発揮できないはずだ。婚約破棄時点からの【超絶成長（ハイパーグロウス）】では、ＩＰと経験点を稼ぐだけの時間が絶対的に足りない。婚約破棄以前から他の誰かを成長させることのできる、【英雄育成（トップブリーダー）】で成長させた召使（オプション）以外にあり得ないのだ。

シトは今も別行動を取っていて、これとは別のアプローチでレイの作戦に干渉してくる。その前提で敵の動きを考えるべきだ。

既にシトの作戦は始まっていて、この黒騎士すらも時間稼ぎの陽動なのであろうか。

「たった一人で、五分もかからず、あの軍勢を全滅させるなんて……【英雄育成(トップブリーダー)】で育てたぼくの護衛にだってできることじゃない。どんな裏技を使ったんだい？」

「……【英雄育成(トップブリーダー)】だ」

「やっぱり。それがシトのシークレットだったんだね」

シトのCメモリ(チート)は【超絶成長(ハイパーグロウス)】【正体秘匿(アンノウン)】【全種適性(オールマイティ)】【英雄育成(トップブリーダー)】。内政でレイに対抗することを選ばず、直接戦闘に全てを傾けたデッキ構成であったと判断する。

【悪役令嬢(ネガ・フェアレディ)】に対して絶対不利の札で、彼女に勝負を挑んできたのだと。

「違う」

黒い甲冑の奥底から、謎めいた暗闇がレイを見つめている。

正体の判然としない声色であった。

「俺が使ったのは貴様の【英雄育成(トップブリーダー)】だ」

黒騎士が兜(かぶと)を脱ぐと、美しい青髪が中から溢(あふ)れた。

……この世界の黒木田(くろきだ)レイにとっては、見知った髪の色だった。

「……アリシア……！」

＃

超世界ディスプレイ越しに試合を見守る会場が、どよめきに溢れた。

「なんで……」

星原(ほしはら)サキも他の観客同様に、異常な事態を分析しようとした。

何が起こっているのか。どのようなＣメモリ(チート)がそれを可能とするのか。

「まさか【正体秘匿(アンノウン)】でアリシアの姿に……いや、【正体秘匿(アンノウン)】は元々いる誰かの姿には化けられないはず……!?　何が起こってるの!?」

「いいところに気付きやがったな星原(ほしはら)。そうだ……つまりあれが【正体秘匿(アンノウン)】を使ってねえ、純岡(すみおか)の真の姿ッてことになる！　画面に黒木田(くろきだ)のイベントしか映らねえのも当然だ……！　純岡(すみおか)は、最初から黒木田(くろきだ)と一緒に行動してたんだからな！」

「それなら……黒木田(くろきだ)さんの【英雄育成(トップブリーダー)】の対象って、最初から――」

【悪役令嬢(ネガ・フェアレディ)】の効果は、試合序盤でのＩＰ取得機会を奪った。十七年目の時点から――その機会喪失を補うほどの驚異的な倍率で、シトの戦闘能力が成長し続けていたのだとすれば。

「ドライブリンカーは……同種のＣメモリ(チート)を重ねて読み込むことはできねえ。【超絶成長(ハイパーグロウス)】に【超絶成長(ハイパーグロウス)】の倍率を乗算するような真似なんて不可能だ。だがな！　その可能性がまったくないわけじゃあねェんだぜ！　つまり……自分で【超絶成長（ハイパーグロウス）】を使ってる奴が、それと同時に他の誰かの【英雄育成（トップブリーダー）】の対象となっていたとすれば……！」

剣（つるぎ）タツヤも、自らの拳を握り込んだ。

「ああ。シトが最初からそうしてたなら……あの強さだって、むしろ当たり前だ……！【超絶成長（ハイパーグロウス）】一本でも世界最強になれるってのに、あいつは二本分のCメモリ（チート）でそうしていたんだッ！　ＩＰ獲得計算が十七年目からだったとしても、余裕で間に合う成長速度だったはずだぜ！」

「わ、分からないよ……！　いつから!?　黒木田（くろきだ）さんは気付かないままアリシアを育ててたの!?　そもそも、こんなに姿が変わっちゃう転生（ドライブ）なんて……」

「……いいや。あるんだよ、星原（ほしはら）」

大葉（おおば）ルドウが答える。【正体秘匿（アンノウン）】が発動している中でも、観客の視点からはＩＰ変動や発生イベントを見ることができる。

転生（ドライブ）中の黒木田（くろきだ）レイの視点からは分からないのも無理はない。彼女も観客としてならば、表示の不自然さでシトのシークレットに気付くことができていただろう。

「そいつは……たとえば黒木田（くろきだ）が使っても、そういうことにはならねェ。外江（とのえ）や、星原（ほしはら）……テメーが使っても、見た目まで変える効果はねえ。それでも、星原（ほしはら）。スキルの効果としてある以上、記述されていることは絶対に起こる！　絶対にな！　そいつがCメモリ（チート）のルールだ！」

「待って、どういうこと……!?　使う人によって効果が違うなんて、そんなC(チート)メモリがあるわけ!?」

「俺が今言った奴らの共通点が分かるか」

異世界における転生体(アバター)は原則として転生者(ドライバー)と酷似した容姿と名前を持ち、異世界転生(エグゾドライブ)を見る者はそれを当然の前提として受容している。

だが……たとえば、【人外転生(クリーチャー・エボルブ)】がそうであったように、その原則を破るメモリは存在する。

D(ダーク)メモリですらない、一般に流通するC(チート)メモリにおいても。

「――『女』ってことだ!!　純岡(すみおか)は、正体の二重偽装を仕掛けやがった!!」

◆

「そ、そんな……嘘……最初からアリシアの振りをして……!?　違う……そんな、そんなはずはない……」

黒木田(くろきだ)レイも、混乱する思考を総動員して、あり得ない事態を飲み込もうとした。

「だって、アリシアに【正体秘匿(アンノウン)】の可能性はなかった……ぼくは、だから、婚約破棄の前からの使用人に【英雄育成(トップブリーダー)】を……エクスレン家の、ぼく付きの使用人に……」

そんな使用人達に……レイは、何を言ったのだったか。

——エクスレン家は、仕える者の家柄も見ているからね。

「シト……！」

レイが直接攻撃（ダイレクトアタック）を受けた、あの日。あれはシトがシークレットを読み間違えたわけではない。

シトはあのタイミングで奇襲を仕掛け、そして失敗する必要があったのだ。

レイ自身にシトの正体を看破させることで、【正体秘匿（アンノウン）】で偽装していないシト本来の姿を想像させ、先入観を固定するために。そして直接攻撃（ダイレクトアタック）以外の切り札が残っていない、手詰まりの状態だとレイに誤認させるために、あえてあの攻撃をしたのだ。

アリシアの腕には、今はドライブリンカーが装着されている。転生中の転生者（ドライバー）であれば、いつでもこのデバイスを腕に召喚することができる。

それは何よりも確かな、純岡（すみおか）シト本人である証明であった。

「……あの直接攻撃（ダイレクトアタック）の時点で俺が危惧していた可能性は二つ。貴様のシークレットに【絶対探知（フラグサーチ）】があり、別の手段で暗殺を阻止してくる可能性。あの時点で不慮の交戦が発生してしまい、明らかに強すぎる戦力の程を露呈してしまう可能性。それでも俺がアリシアであると看破されない保証が、あの時点で欲しかった」

「だ、だけど……ぼくが【英雄育成（トップブリーダー）】の対象にアリシアを選ぶ確証なんてなかった……」

「……本当にそうか？　黒木田（くろきだ）。貴様は何故アリシアを護衛に選んだ」

「し……使用人の中で、アリシアが一番……戦闘スキルの適性があったから……」

「【正体秘匿（アンノウン）】ならば、直接視認した際のステータス表示を欺くことができる」

「……【全種適性（オールマイティ）】を、そのために使ったのか……。ぼくがどんな方向でスキルを育成したとしても、【全種適性（オールマイティ）】なら……全部のスキルツリーを伸ばせるから……」

大胆で、先入観を覆し、そして敵の裏をかく、異世界転生（エグゾドライブ）の申し子。

アリシアが……純岡（すみおか）シトが、シークレットを明らかにする。

レイが何よりも見慣れたC（チート）メモリを。

上流階級の令嬢に転生する。元の性別がどちらであっても、それが起こる。

「――【令嬢転生（マイ・フェアレディ）】」

◆

純岡（すみおか）シト　IP228,234,578　冒険者ランクA
オープンスロット：【超絶成長（ハイパーグロウス）】【正体秘匿（アンノウン）】【全種適性（オールマイティ）】
シークレットスロット：【令嬢転生（マイ・フェアレディ）】
保有スキル：〈旋死短剣ＳＳＳＳ＋〉〈無影の理ＳＳＳ＋〉〈戦術糸ＳＳＳ〉〈ファルア法術ＳＳ〉〈不死なる種子ＳＳＳ〉〈殺滅六重ＳＳ〉〈自動迎撃ＳＳＳ〉〈分身ＳＳ〉〈瞬間退場ＳＳ

S〉〈完全追跡SS〉〈影同化SS〉〈礼儀作法A〉〈完全言語B〉〈完全鑑定C〉〈掃除B〉〈調理A〉〈庭師B〉〈絶止の盾SSS〉〈姫の介添SSS〉他46種

黒木田（くろきだ）レイ　IP636,198,629　冒険者ランクS

オープンスロット：【悪役令嬢（ネガ・フェアレディ）】【超絶交渉（ハイパーコミュ）】【英雄育成（トップブリーダー）】

シークレットスロット：【不朽不滅（エバーグリーン）】

保有スキル：〈政治交渉SS＋〉〈籠絡SS＋〉〈礼儀作法SS〉〈宗教指導A〉〈大扇動SS〉〈軍勢指揮A〉〈美貌の所作SS〉〈完全言語S〉〈完全鑑定A〉〈カリスマA＋〉〈農業A＋〉〈公共事業S〉〈ファルア法術A〉他29種

♯

シトのシークレットは、たった今観客に対しても明らかになった。だがこの戦術は、それだけの理由では到底説明できるものではない。

「【令嬢転生（マイ・フェアレディ）】の効果で令嬢に生まれ変わった……だから女の子に……で、でも、そんな……！　そんなめちゃくちゃな戦術、読めるはずがない！　だっていくら家柄があっても、敵対する教団の家に生まれたかもしれない！　違う国の貴族かもしれない！　都合よく黒木田さんの使用人になれたはずがないもの……！」

「そうだな……実際、アリシアの生まれは黒木田の国の大陸のほぼ反対側だったはずだぜ……！　シトは……そういうギャンブルに勝ったってことかよ……！」

星原サキと剣タツヤの会話を、ルドウは苦々しい表情で聞き流している。

当初からこのような戦いを予定していたわけではなかったはずだ。シトのオープンスロットは、三種全てが直接戦闘型。【正体秘匿】でプレッシャーを掛け、内政型を用いるであろうレイのシークレットを【不朽不滅】に導くことで不確定要素を潰し、堅実に戦えるデッキ構成であっただろう。

故にあの黒木田レイですら、このような無謀を読み切ることはできなかった。

(――できたんだよ。純岡には)

この試合が始まる直前に、ルドウはシトにあるCメモリの存在を伝えている。

それを知らせてしまうことで、彼が二度と異世界転生に挑まなくなるかもしれなかった。

しかし純岡シトは……それどころか、その知識をすぐさまこの転生に応用してみせた。

(俺達には【基本設定】がある。【悪役令嬢】にイベントを封じられて、1ポイントたりともIPを獲得できなかったとしても……努力ができる。それだけで何にだってなれるし、同時に自分のままでいられる、最強のC(チート)スキル――)

広大な異世界を虱潰(しらみつぶ)しに探し回って、レイの転生体(アバター)である令嬢を特定し、あらゆる能力をつぎ込んで……人生の全てを投げ打ってでも、彼女の従者として辿(たど)り着(つ)くことができる。

(純岡(すみおか)は……IPもスキルも何もない状態のまま、十七年の時間を使って……そんなことを、やってのけたんだ……!)

黒木田(くろきだ)レイの【悪役令嬢(ネガ・フェアレディ)】がなければ、あり得なかった戦術のはずだ。

他の転生(ドライブ)で同じことを仕掛けたとしても、対戦相手の従者として潜り込む努力を行う間、敵はIPを稼ぎ続けることができる。自分自身の戦術を実行する方が余程効率的だ。故に、あり得ない。

――両者ともにIP獲得が凍結している、このような状況下でなかったなら。

「問題は……問題は、純岡(すみおか)が何をしたかじゃねえ」

ルドウは低く呟く。だからこそ、不可解なのだ。

異世界での果てしない努力の結果、シトは求めていた地点にまで辿り着いた。けれどそれはある意味で転生者(ドライバー)としての勝負を捨てた、通常あり得ない戦術でもある。

「……勝てるはずがねえんだ。そんなことをしても」

何故、そうしたのか。

＃

「わ、わからないよ……」

異世界のレイも、困惑に声を震わせていた。

「アリシアが……アリシアの正体がきみだったからって、何になるっていうんだ!? きみはぼくの従者じゃないか!? きみがどれだけＩＰを獲得したって、いくらでも、ぼくの功績にしてしまえる！ こ……ここからの逆転は、不可能だ！」

「……そうだな。俺は勝てない」

シトは正直に告白した。

【悪役令嬢(ネガ・フェアレディ)】は圧倒的なＤ(ダーク)メモリだった。常識外れの奇策を以てしても、黒木田(くろきだ)レイの優位性を覆しきることはできなかった。

「だが、貴様は人を殺していない」

「え……」

「いざという時には、俺がこの手で止めなければならないと……直接戦闘では勝てないと宣言された時に、最初に考えたことはそれだ。その迷いが、俺に……【令嬢転生(マイ・フェアレディ)】を手に取らせたのかもしれない。そうすれば少なくとも、令嬢に転生できる。この世界で、少しでも貴様に近い立場に転生（ドライブ）するために……」

「そんなこと、何とも思ってない！　ぼく、ぼくは……アンチクトンの人造転生者（ドライバー）だ……！」

「アンチクトンとして、虐殺を仕掛けるタイミングはこれまで何度もあった！　だが貴様は……この決着の盤面になるまでそうすることはなかった！」

シトは、レイの手を強く引いた。

華奢な令嬢は従者の力に逆らうことができず、腰掛けていた椅子から立たされた。

「貴様は、殺していない！」

「それ、それは……きみのせいじゃないか……！　きみにはもう、何も打つ手がないって思ったから……だから、殺さなくても……手を汚さなくても、勝てるかもしれないって……ああ……」

――それが、シトが直接攻撃（ダイレクトアタック）を仕掛けたもう一つの理由であったとしたら。

レイの視点から見えている全てのCメモリ（チート）が無力であることを明かすことで、レイにこの世界のことを、滅ぼすまでもなく勝てるのだと思わせたかったのなら。

「貴様が暗殺を指示した要人達は、俺が保護している。死体は『呪われし者』を使った偽装だ。ファルア教の者にもラダム教の者にも、貴様が密かに助けを寄越したと伝えている。俺は……俺は、君に人を傷つける異世界転生（エグゾドライブ）をしてほしくはなかった」

「……っ……！」

レイの視界は滲(にじ)んでいる。雨のせいだと思いたかった。

雨だ。

屋敷の外で、雨音が響いている。そして人々の声が。

彼らは生き残ったのだ。シトが、彼らを助けた。本来ならば、滅びを前にしたファルア教の要人の前に姿を現し、罪を糾弾して……そうして【悪役令嬢(ネガ・フェアレディ)】であるレイが、ＩＰを手に入れるはずだった。

「きみに……！」

優しい異世界転生(エグゾドライブ)など、するつもりはなかった。

そんなつまらないものを捨てて、今こそ純岡(すみおか)シトに勝てるはずだった。そうだというのに。

「……きみに、ぼくの何が分かるんだ、シト！　本当のぼくの、何が分かる！　きみがめちゃくちゃにしてしまったのに！　ぼくも……ぼく自身にだって、ぼくが分からないのに‼」

「ああ、わからない！」

腕を掴(つか)んで、シトはレイを強く抱き寄せた。彼は……彼女は、間近で言った。

澄んだ氷のような瞳。虹彩(こうさい)の奥底には、純岡(すみおか)シトの面影がある。

ああ――どうして、今になるまでそれに気付けなかったのだろう。

「俺は、優しさを持つ黒木田(くろきだ)レイが好きだ！　だが、それは俺から見た君だ……！　……それでも君が悪でありたいと願うのなら、その願いも含めて君自身なのかもしれない！　黒木(くろき)

田(だ)……！　それは、俺が勝手に決めつけていいものではない！　君以外の、誰にも！　だから、この異世界転生(エグゾドライブ)は……！」

人々の声が聞こえる。悪役であるレイを、彼らは糾弾しているのではない。

「君に決めてもらうことにした！」

シトの言葉の意味が、レイにも分かった。

彼らは感謝している。

黒木田(くろきだ)レイこそが全てを仕組んだ悪役であるのに……命を救われたことを、ラダム教とファルア教の架け橋となってくれたことを、何も知らずに感謝している。

「俺の為した功績は、君自身の指示だったと告げることができる！　黒木田(くろきだ)……！　俺には確実な逆転の手段など、何もなかった！　血を流すことのない世界救済を望むのならば、君が今、勝つことができる！　だが……だが、黒木田(くろきだ)！　君がもしも真に悪を望むのなら……それを貫き通して、敗北したっていい！」

「ぼく……ああ、違う……ぼくは……！　シト……違うんだ……」

世界を滅ぼしたくはなかった。シトに勝つために、悪にだって手を染めたかった。

本当の自分になりたかったが、レイにとって、どちらが本当だったのだろう。何もかもがぐしゃぐしゃになって、涙となって溢(あふ)れ出(で)ていくようであった。

「レイ様！」

「これで、ようやく戦いが終わります……！　ありがとうございます！　レイ様！」

「叡智の聖女に祝福あれ！」

「すまなかった！　君は素晴らしい女性だった！」

「あなたこそが、本当の救世主でした！　レイ様！」

——勝てる。

黒木田（くろきだ）レイはようやく、自分を縛り続けてきた執着を断ち切ることができる。

彼らの前に出て、全ては自分の功績だと告げるだけで。

純岡（すみおか）シトに、勝てるのだ。

「……あ、ああああ……！」

シトに体を預けて、すがりつくように、レイは泣いていた。

彼は静かに令嬢の背を撫（な）でて、アリシアとしての言葉を告げた。

「……。ずっと……貴女（あなた）のことを見守ってまいりました。レイ様」

異世界には、時折このような言動をする者がいる。転生者（ドライバー）の本来の人生を知る由もないのに、【基本設定（ベーシック）】で制御されているに過ぎない転生体（アバター）の人格を見て、彼女らを理解したつもりでいる。

……けれど彼らは人間なのだ。

一人ひとりに意思があって、彼らの人生を生きている。

紛れもない、人間。

「そうじゃない。ぼくは、ぼくはそうじゃないのに……！」

「いいえ。救われる者にとって……この世界の全員にとって、貴女はそうなのです。貴女は……とてもお優しくて、聡明（そうめい）な。私達の主。お慕いしております。レイ様」

——黒木田（くろきだ）レイは、ドライブリンカーの降参（サレンダー）ボタンを押した。

自分自身の善悪を自ら決めてしまうことに、耐えることができなかった。


WRA異世界全日本大会第二回戦。

世界脅威レギュレーション『宗教対立A』。

攻略タイムは、25年1ヶ月15日1時間4分33秒。

◆

「……ひどいよ」

現実に戻るや否や胸に飛び込んだ華奢な体を、シトは何も言わずに受け止めた。レイは何度も彼を責めた。異世界でもそうだったように、彼の胸に表情を隠して。

「ひどいよ。ひどいよ。ひどいよ……ひどいよ、シト……」

「……すまない。俺には……君の苦しみを解くことができなかったな」

「分かってるよ……そんなの……ああ……」

黒木田(くろきだ)レイの心は、決して元通りになることはないのだろう。

こんな苦しみを味わうことのない自分でいたかった。心の鎖から解き放たれて、自由に、心の赴くままに異世界転生(エグゾドライブ)を戦っていられる自分でいたかった。

――純岡(すみおか)シトに恋することのない自分でいたかった。

「黒木田(くろきだ)……お、俺は……こんな……こんなところで言うことでは、ないかもしれない……だが……」

シトはその言葉を告げるために、極度の努力を要しているようであった。

「……善でも悪でも、どちらでもいい。君が好きだ。黒木田(くろきだ)レイ」

「ひどいよ……シト……本当に、ひどいよ……」

嬉しいなどと思いたくないのに。

天才で美少女で、転生者(ドライバー)でなければならないのに。

シトを抱きしめたまま、彼の目を見た。観客の喧騒も、決着を告げる司会の声も、何も聞こえなかった。シトの鼓動だけが聞こえていた。

彼がレイの全てを奪ってしまったから。

それなら、もう一つ奪ってくれればいい。

顔を近づける。

「…………っ……！！？？」

「……ふ、ふふふ。悪いぼくでも、かまわないんだよね……？」

重ねた唇を離しながら、レイは精一杯邪悪に微笑んでみせた。

暖かな涙が頬を伝って落ちるのが分かった。

試合終了のアナウンスが遠くで聞こえる。観客達の歓声も。

黒木田レイは負けた。

けれど少しでも長く。愛する人とともに。


「——やはり君は失敗作だったな！　黒木田レイ！」

老人の声が、頭上から割って入った。

純岡シトは、反射的にレイの体を引き寄せて庇った。

凄まじい身体能力で観客席から飛び降りた巨漢は、鬼束テンマ。

そしてテンマの太い腕に抱えられている小柄な老人は、ドクター日下部である。

「アンチクトン……！　彼女に手出しをするなら……俺も容赦はしない！」

「……ククククク！　早まるな……！　用があるのは君だ、黒木田(くろきだ)レイ！」

ドクター日下部(くさかべ)は心底愉快そうに笑った。

片眼鏡の奥からの視線を受けて、レイの胸は無力感に締め付けられるようだった。そうだ。彼女は、自分自身の存在意義を果たすことができなかった。

ドクターのことだって嫌いだったわけではなかった。ずっと完璧にやれていたなら、それが一番良かったはずなのに。

「ああ、ドクター……」

「……知っているだろう、黒木田(くろきだ)レイ。罪悪感を覚える機能を持たない人造転生者(ドライバー)。異世界転生(エグゾドライブ)の脅威から世界を救うための兵器が、君に与えられた本質だった！　だが、まさか……！　ク、ククククク!!」

「……ご、ごめんなさい、ドクター……」

「何を謝ることがある!!　もう一度言うぞ！　君は失敗作なのだ!!」

シトが前に進み出た。

「貴様……ドクター日下部(くさかべ)！」

「いいか黒木田(くろきだ)レイ！　単一のイデオロギーや正義で動くことなく、時に善を、時に悪を為し！　思考も行動も、状況に伴い相互に矛盾する！　それはもはや兵器ではない!!　そのような不確定要素で作動する存在を、我々は兵器として運用できない!!」

シトの存在を意に介することもなく、ドクター日下部は喜々として続けた。

両手を広げ、まるで祝福を告げるかのように。

「君は立派な人間の成功作だ！　まさか兵器を作るべくして、人間を作り出すことになってしまうとはな!!　実験の結果とは、かくも予想できぬものよ！　ククククク!!　クハハハハハハ!!!」

「ドクター……」

「ククハハハハハハハハハハハハ!!!」

ひとしきり哄笑を響かせて、老人は踵を返した。

「純岡シト。君には感謝するぞ。これから先は、君が黒木田レイを生かすのだ。情熱。対抗心。尊敬。嫉妬。劣等感。愛。黒木田レイは……君が真に心を与えた人間だ」

「……ドクター日下部。貴様は……」

「クククク！　……まさか、私の善悪でも問いたいのか？　どちらであろうと、我が子の幸せを喜ばん親はおるまい！」

そしてドクター日下部は立ち去っていく。親として……黒木田レイに決別と祝福を告げるためだけに、この場に現れたのかもしれなかった。

鬼束テンマは、立ち去らなかった。

腕を組んだまま純岡シトを見つめている。

シトもまた、彼の目の前に立った。

「予選トーナメントで貴様に負けたあの日……貴様らは相容(あいい)れない敵だと感じた。だが……黒(くろ)木田(きだ)は、アンチクトンだった。今一度聞きたい。異世界を滅ぼし続ける貴様らのことを……本当の邪悪と、断じるべきなのか？」

「開会式での発言は撤回しよう。君は『捨てる』ことのできる転生者(ドライバー)だった。転生(ドライブ)を貫く信念のために……自らの確実な勝利すらも捨てた。それは紛れもない強さだ」

「……鬼束(おにづか)テンマ」

「だが、私は黒木田(くろきだ)レイとは違うぞ。純岡(すみおか)シト。世界を滅ぼすことに、私は一片の迷いもない。私は、アンチクトンの完全な兵器だ」

漆黒のコートに覆われたテンマの巨体は、まるで聳(そび)え立(た)つ鋼鉄の壁のようでもある。

「これが、事実だ。それが邪悪であるか否かは、異世界転生(エグゾドライブ)で答えるとしよう」

「そうか。俺の……次の対戦相手は」

鬼束(おにづか)テンマは、既に第二回戦の勝利を収めている。

共にトーナメントの道筋を進める先は、異世界全日本大会、準決勝。

「——貴様か」

純岡シトvs黒木田レイ

世界脅威レギュレーションは『宗教対立Ａ』。宗教対立レギュレーションの攻略セオリーは政情不安レギュレーションとほぼ同様だが、世界の倫理観や行動様式、さらにスキル系統なども宗教ごとに異なるため、画一的なプレイングでは攻略の難しい、同ランクの政情不安よりも総じて高難度のレギュレーションである。

この試合はＷＲＡ異世界全日本大会のベスト８の試合であるのにも関わらず、通常の解説が不可能なほど奇妙な試合展開であった。使用されたＣメモリの特殊性と両選手のプレイングの双方が、極めて特殊な状況を作り出してしまったのである。

まずこの試合を解説するに当たって外すことができないのは、黒木田レイ選手が用いた不正規メモリ【悪役令嬢（ネガ・フェアレディ）】であろう。これは対戦両者のＩＰ獲得判定を一定の期間に渡って強制凍結するＣメモリであったと思われるが、当然、このような挙動を見せるＣメモリは一般販売されていない。ともあれ、この試合の事実上の開始時点は転生から十七年時点という前例のない事態となり、しかもその時点で純岡シト選手は黒木田レイ選手の召使（オプション）として行動をともにしていた。

順を追って、純岡シト選手の行動を解説する。純岡シト選手はシークレットの【令嬢転生（マイ・フェアレディ）】で貴族令嬢に転生。その後、十七年のＩＰ凍結期間で黒木田レイ選手の転生体を探し当て、召使（オプション）として懐に潜り込むことに成功する。通常は転生者同士が直接接触すればドライブリンカーのステータス表示によって同じ転生者を見分けることが可能なのだが、純岡シト選手は【正体秘匿（アンノウン）】を併用することでＣスキルを含むスキル表示を偽装し、現地の貴族令嬢であるかのように装っていたのである。

黒木田レイ選手は【英雄育成（トップブリーダー）】によって一人の召使（オプション）を大きく成長させる転生スタイルであったが、【英雄育成（トップブリーダー）】の対象として選んだ召使は正体を偽装した純岡シト選手であり、彼女は十七年目の時点で既に、自分自身の対戦相手を【英雄育成（トップブリーダー）】で強化し続けるという状況に陥っていた。無論この状況でもっとも容易な直接攻撃戦術について、純岡シト選手は周到に【正体秘匿（アンノウン）】で新たな偽装身分を作成し、黒木田レイ選手のシークレットが【不朽不滅（エバーグリーン）】であることを確認している。

不可解なのはこの後の試合展開である。黒木田レイ選手の召使（オプション）を装う純岡シト選手は黒木田レイ選手を裏切ることなく、自らの対戦相手にＩＰを献上する行動を実行し続けていた。まるで黒木田レイ選手の一挙一動を見逃さまいとするかのように、彼女の近くに付き従い続けたのである。正確には命令の実行には多少純岡シト選手の意向を反映していたようだが、要人暗殺作戦の成果偽装など、大局を左右するとは思い難いものばかりである。結果的に純岡シト選手はその正体を明かすタイミングを大いに逸し、もはや逆転不可能な段階になってから黒木田レイ選手に自らの正体を晒すことになった。

だが、この試合のもっとも驚くべき点はその後の展開にある。純岡シト選手が正体を明らかにした直後、圧倒的有利であったはずの黒木田レイ選手が降参を選んだのだ。両者の間に八百長などがなかったことは確かだというが、不可解な点が多く、極めて不気味な試合である。

21.【倫理革命】

　純岡（すみおか）シト達が壮絶な異世界転生（エグゾドライブ）を戦っていたその頃、ネオ国立異世界競技場の外でも物語は動き始めていた。

　開会式の直後、ＷＲＡ会長エル・ディレクスは会場を離れ、都内某所へと向かっていた。彼女が乗るのは無論、ＷＲＡの権威を象徴する白塗りの転生トラックリムジンである。

　荷台部分は高級ホテルの一室もかくやの内装に飾られ、走行に伴う振動もエンジン音も、この客室に伝わることはない。エル・ディレクス来日のためだけに、億単位の予算を費やして特別にカスタマイズされた専用車両であった。

「……いい国ですね。日本は」

　ワイングラスを唇へと寄せて、エルは対面の相手に微笑んでみせる。

　年齢からかけ離れた若々しさには妖しさと、どこか少女めいた可憐さがあった。

「本当なら、こうした用事に煩わされることなく訪れたかったのですが」

　エルの対面に座り会話を交わしているのは、中学生の少女である。

「うちは、そのご用事のお陰でええ思いできてますけど」

萌黄色の鮮やかな着物に、長く艶めく烏の濡れ羽色の髪。遍く関東の転生者が名を知る、異世界転生の強者であった。

関東最強。外江ハヅキという。

「――うちにお話が来た理由、そろそろ伺ってもええですか？」

関東予選トーナメントで敗退したハヅキは、ＷＲＡから直々の『アルバイト』の依頼で、会長であるエルと、こうして転生トラックリムジンに同乗している。

ハヅキは生来こうした物事の裏を深く考える性質ではなく、数日前からの東京観光がてら、このＶＩＰ待遇を素直に楽しんでいた。

「全日本クラスの、現役かつＷＲＡと接する機会の多い転生者となると、日本ではちょっと数も限られますからね。プロ転生者の人はお仕事だってありますし……外江さんがお話を受けてくれて、とても助かりました」

「お仕事言われましても、うちは見てるだけですけど」

「それが重要なのです」

エルがリモコンを操作すると、車内備え付けの大画面モニタは放送中のテレビ番組や車内システム表示の画面に切り替わり、最後に彼女の正面に座っているハヅキの姿を映した。

「さっき教えた操作は覚えてますね？　この画面は、私の服のボタンに組み込み済みの小型カメラに連動してます。雑音も交じってしまいますが、音声は可能な限り届くはずです。そして私がいいというまで、ドライブリンカーを決して腕から外さないように」

「このC（チート）メモリも？」

異世界転生（エグゾドライブ）の試合でもないこの状況で、外江（とのえ）ハヅキのドライブリンカーにはC（チート）メモリが一本だけ挿入されている。通常の規格とは異なる、不吉な真紅のメモリであった。

「……【例外処理（カテゴリエラー）】。こんなC（チート）メモリ、うち、初めて見ましたわあ」

「ええ。これは保険ですが、万が一の時にはそのメモリがハヅキさんの役に立つはずです。そして、これからのことは……まだ子供のハヅキさんに聞かせるには酷なお話だったかもしれませんが……」

「ふっふふふふ。異世界からの転生者（ドライバー）、って話でしたよね？」

ハヅキは扇子を開いて、口元を隠した。

「うちは全然、かましませんよ。うちの知らん面白いことが、世の中にはぎょうさんあるもんですなあ」

「……あっさり受け入れられてしまうのも、ちょっと複雑な心地ですね。ハヅキさんみたいな中学生は、なかなかいませんよ」

「もちろんです。うちはうちですもの」

二人に移動している実感すら与えないまま、トラックは目的地に到達する。

高級住宅地の一角である。ＷＲＡの通常の業務ではないことは明らかであった。

「では、ハヅキさん。私は行きますので、あとはよろしくお願いしますね」

この転生トラックリムジンは、備え付けの計器が示している一点へと向かっている。

ドライブリンカーと同期させた計測結果を追跡しながら、エル・ディレクスは一人、目的の住宅の門前に立った。

「……」

つい二年前までは、別の住人が暮らしていたはずだ。土地や家具ごと一括で、非常識なほどの現金で買い取られた家なのだという。

……その鉄門を挟んで、住人らしき若者がエルを見つめている。

年齢は大学生ほど。ワイシャツに黒ネクタイ姿の、金髪の男であった。

「何？」

「……こんにちは。ＷＲＡ会長の、エル・ディレクスと言います」

「いや、そういうことじゃなくってさ」

ボコリ、という音があった。

二人の間の鉄門が沸騰して、消えた。

音もなく、風景がトンネル状に消失した。

一瞬の間を置いて空気が爆発して、上空の雲をまとめて吹き飛ばした。

青年は、拳を繰り出し終えた姿勢だった。

住宅街をトンネルのようにえぐり取ったものは、殴り飛ばされたエル・ディレクスの体だ。

あり得ざる破壊規模の攻撃を、まるで蚊でも叩(たた)き落(お)とすかのようにやってのけた。

「だから……あんた、何？」

青年は、気怠げに口を開く。彼が先程繰り出したパンチの直線上はおよそあらゆる生命体が生存不可能な環境であったが、それでも殺せていない者がいる。

「なんでステータス表示にCスキル(チート)があるの？」

「ふ……【異界肉体(CODE0010)】。肉体強化型のメモリですか？」

エルは防御を解く。クロスした両腕で、青年の一撃を防いだのだ。

鉄骨とコンクリートとアスファルトが混ざりあった粘液が、エルが吹き飛ばされた軌跡に沿って、べっとりと伸びている。一瞬にして圧縮された空気の熱だけでそうなっている。緑を帯びた灰色の蒸気が立ち込めている。街が溶けて、蒸発した煙だ。

「——噂よりも大したことはないですね。ニャルゾウィグジイィさん」

◆

エル・ディレクス　IP6,249,962,303,610　冒険者ランクSSSSSSS

オープンスロット：【産業革命（インダストリアルR）】【倫理革命（モラルR）】【超絶知識（ハイパーナレッジ）】
シークレットスロット：【複製生産（パイレート）】
保有スキル：〈核力発勁ＳＳＳＳＳＳ〉〈アカシック柳生（やぎゅう）ＳＳＳＳＳ－〉〈完全構造ＳＳＳＳ＋〉〈不滅細胞ＳＳＳＳＳ＋〉〈超並列思考ＳＳＳＳＳ〉〈分子欠陥知覚ＳＳＳ〉〈予知ＳＳ〉〈トンネルエフェクトＳＳＳＳ＋〉〈完全言語ＳＳＳ〉〈完全鑑定ＳＳ〉〈資産増殖ＳＳＳＳＳ〉〈未来工学ＳＳ＋〉〈未来物理学ＳＳ〉〈未来経済学ＳＳ〉〈絶対名声Ａ＋〉〈料理Ｄ〉他１９６８種

◆

そして物語は、ネオ国立異世界競技場へと戻る。

「……やはり。そうか。ここで最善手を打っていたとしても、計算上勝てないはずだ……」

準決勝戦を控えた純岡（すみおか）シトは、控室にて録画映像を眺め続けていた。

それはかつて自らを打ち負かした……関東地区予選トーナメントにおける鬼束（おにづか）テンマの戦いの記録だ。

「強い」

鬼束（おにづか）テンマは、予選でシトを完膚なきまでに打ち負かしただけではない――Ｄ（ダーク）メモリによる不意打ちとはいえ、関東最強の外江(とのえ)ハヅキすら上回った、まさしく桁違いの実力者だ。

　しかも、その強さには付け入る隙が見当たらない。

　銅(あかがね)ルキとの試合では、人類を滅ぼすD(ダーク)メモリを封殺することができた。

　だがD(ダーク)メモリに打ち勝てるとしても……鬼束(おにづか)テンマという個人に対しては、シトの戦術は通用するだろうか。

「またあいつの試合見てんのか、シト？」

　扉が開いて、赤い野球帽の少年が現れる。剣(つるぎ)タツヤ。ある意味で、シトがこの戦いの日々に身を投じる契機となった転生者(ドライバー)。

「……来たか。剣(つるぎ)」

「ヘッ、当たり前だろ！　俺にできることならなんでも言ってくれ！」

　シトは録画映像を止めた。元より、何十回と繰り返し眺め続けたものである。

「奴の試合を見て理解できたことがある。……鬼束(おにづか)テンマには弱点がない。奴は本当に、実質三本のC(チート)メモリだけで戦いを勝ち進んでいる。それこそ、【悪役令嬢(ネガ・フェアレディ)】のような反則(チート)に持ち込まなければ勝てないような気さえしてくる」

「おいおい、なに弱気になってんだよ！」

　タツヤはずかずかと控室に踏み込み、そのまま荷物置き用テーブルに座った。

「シトが負けたのは、不正規(イレギュラー)メモリの【魔王転生(ダークネス・ドライブ)】をシークレットに隠されてたからだ……！」

確かにあんなCメモリを予測できるわけねーよ。でも今は事情が違うだろ！」

「……確かに【魔王転生】を知っている以上、ある程度の善戦はできるかもしれない」

録画映像を巻き戻し、関東予選トーナメントにおける鬼束テンマの襲撃シーンを映し出す。

あの試合でも、シトはこの時点で敵のＩＰ偽装を確信し、迎撃の体勢を整えていた。

「だが……奴の直接攻撃を受けた時点の俺は、Cスキルの正体の当たりをつけてもいた。あの外江が見たこともないメモリであるなら、不正規メモリ。そして奴の動向から判断するに、それは恐らくＩＰ獲得判定の逆転であろうと」

「じゃあ、あの時のシトは……」

「予測し、対策を取り、その上で負けたということだ。理由はただ一つ。ＩＰ獲得判定の逆転を前提に置いた上でも、鬼束テンマのＩＰ獲得量が……即ち転生者としての実力が、俺の想定を遥かに上回っていた。これはあの時、鬼束本人からも指摘されたことだ」

次の試合では、Cメモリ選択の時点から彼のDメモリへの対策を取ることもできるはずだ。Dメモリの使用に限り、鬼束テンマにブラフの可能性はない。アンチクトンの転生者として出場している以上は、シトが下した他の二名と同様、Dメモリを用いずに転生に臨むことはないはずだからだ。

だが、それだけだ。僅か三本のCメモリというハンデですら埋まらぬほど——テンマ自身の転生者としての実力がシトを遥かに凌駕しているのだとすれば、生半可な策などは莫大なＩＰ

の前に打ち砕かれるだろう。

「貴様を呼んだのはそれが理由だ。戦術を突き詰める俺の戦い方では、奴を上回ることができない。……だが、貴様が見ている世界は、この俺とは違うはずだ。そうだな。剣(つるぎ)」

「……」

「鬼束(おにづか)テンマは強い。奴の強さの根源を、一緒に考えてくれ」

剣(つるぎ)タツヤ。この年に頭角を現した中学生転生者(ドライバー)達の中で、彼こそが真のダークホースであったのかもしれない。異世界転生(エグゾドライブ)の素人でありながら、セオリーに縛られない直感と閃(ひらめ)きで数々の転生(ドライブ)を勝ち進んできた少年である。

「……分かった。ちょっと時間をくれ」

タツヤは、モニタに流れる映像を真剣に眺めた。

シトには理解できないような——特別な動作を行っていないように見える部分で止め、僅かに巻き戻し、あるいは目を閉じて声色だけを聞く。

五分ほどそれを繰り返して、次は受け取った印象を表現するために、言葉を作ろうとする。

七分経って、口を開いた。

「…………はっきりしたことは言えねえ。でも……自信だ」

「自信？」

「鬼束(おにづか)の転生(ドライブ)には迷いがねーんだ。まるで、最初から作戦を立て終えてる時のシトみたいな感じがする。絶対に自分が間違わねえ……いや……仮に間違っても大丈夫だって自信があるんじゃねえかな」

「……自負の強さ。心の強さか……」

——絆（きずな）や心で異世界転生（エグゾドライブ）に勝つことはできない。

鬼束（おにづか）テンマの強さの種類は、邪悪なアンチクトンの転生者（ドライバー）でありながら、剣（つるぎ）タツヤと酷似しているのかもしれない。

理で戦うシトでは、その力を上回る確信を持つことができないのだ。

「本当に……俺が見たまんまのことを言うんだけどさ……鬼束（おにづか）はたぶん、強いから強いんだ。自分が負けることなんて想像もしてねえ。その自信があるから、小さな部分で読み違ったり負けたりしても動揺しねえ。だから……なんだろ。きっと、自信をくれるものがあるんだよ。C（チート）メモリとかD（ダーク）メモリみたいな、自分の外からもらった力じゃなくて……心に筋肉がついてるみたいにさ、これは絶対に自分の実力だ、って保証してくれる何かがある」

「……強い。そうだろうな」

銅（あかがね）ルキも、黒木田（くろきだ）レイも、実力の指標として真っ先に持ち出した転生者（ドライバー）の名は、鬼束（おにづか）テンマであった。アンチクトンにおいて、誰もが認める最強の転生者（ドライバー）。

その自負故に、ただ一人【魔王転生（ダークネス・ドライブ）】を使い続けることができるのだろう。

敵の強さに形があるのならば、純岡（すみおか）シトはその綻びを突くことができる。

だが、そうではないのだとしたら？　タツヤと戦った時は、彼の心を信じて勝つことができた。しかし今のシトは、テンマの内面すら知らないままに戦わなければならないのだ。

「俺は……」

テーブルの上にC(チート)メモリを広げたまま、長く思考を続けた。

鬼束(おにづか)テンマがこの中から準決勝戦のデッキを構築するのだとしたら。

次に戦う敵の、形のない強さを倒すためのC(チート)メモリがあるのだとしたら。

自らを兵器だと定義する鬼束(おにづか)テンマに——心の形があるのだとしたら。

(鬼束(おにづか)テンマ)

問うべきことは異世界転生(エグゾドライブ)で問う。異世界転生(エグゾドライブ)が普及するとともに、転生者達(ドライバー)の間ではそんな流儀がいつの間にか生まれていた。

異世界転生(エグゾドライブ)は人生そのものだからだ。どのようなC(チート)スキルを選び、どのような召使(オプション)を選び、どのようにIPを獲得したか……そんな表層の物事だけではない。同じ世界に転生した転生者(ドライバー)同士だけが、その一度の人生に賭けた哲学を互いに感じ取ることができるからだ。

(アンチクトンの銅(あかがね)にも、黒木田(くろきだ)にも、確かな誇りがあった。俺は、貴様をも理解したい)

あの日、シトは異世界転生(エグゾドライブ)でテンマと対決した。ならば互いに問い、答えを与えたはずだ。

シトは目を開いた。

「剣(つるぎ)。俺は負けていた。本当なら、第二回戦で黒木田(くろきだ)に負けていた身だ」

「あ、ああ……？」

「ならば、どんな選択をしても損はないと思わないか？」

「おい、何妙なこと言ってんだよ⁉　まさか諦めるとか言わねえよな！」

「違う……！　だからこそ、やる価値があるということだ！」

Cメモリを掴み取る。元よりアンチクトンと戦うべく出場した大会だ。

ならばこそ、鬼束テンマとの戦いで終わっても悔いはないと思えた。

「感謝するぞ、タツヤ……！　俺のデッキは、これで決まった！」

◆

「ついに！　WRA異世界全日本大会、Bブロック準決勝となります！　鬼束テンマ選手vs純岡シト選手！　この転生を制した選手が……日本における異世界転生、中学生最強のトップ2へと名を連ねることとなります！」

「「ワアアアアアアーッ!!」」

地を揺らすかのような、観客の熱狂。

心が落ち着いていている。今の純岡シトには、会場の声が聞こえる——黒木田レイと戦った第二回戦ではそれどころではなかったのだと、遅れて自覚する。

圧倒的にして正確無比な転生(ドライブ)によって世界ごと対戦相手を蹂躙(じゅうりん)する、鬼束(おにづか)テンマ。

緻密な構築で敵の戦術の綻びを撃ち抜き鮮やかな勝利を重ねてきた、純岡(すみおか)シト。

彼らは関東地区予選トーナメント決勝にて対決した因縁の二人でもあり、シトはその時に一度、無惨な敗北を喫している。

「こうして転生レーンに並ぶのは、あの時以来か。純岡(すみおか)シト」

「……アンチクトン。俺は貴様らの行動理念についてはまったく理解していない。理想とやらで何を目指しているのかも、知ったことではない。だが……鬼束(おにづか)テンマ」

問うべきことは異世界転生(エグゾドライブ)で問う。

故にそれは、転生者(ドライバー)としてではない、純岡(すみおか)シトの個人的な問いだった。

「異世界転生(エグゾドライブ)は好きか？」

「……無意味な問いだな」

「貴様が救うのは、人類の敵対者。魔族だけだ。俺達が本来救うべき人類からは、怨嗟(えんさ)の声しか受けることはないだろう。そういう転生(ドライブ)を貴様は続けてきたはずだ」

「虚しさを感じることはないのか、と君は聞いているわけか」

哲人の如き硬質な表情のままで、テンマは転生トラックのヘッドライトを見つめた。

「私に世界救済の達成感は、ない。ならば何故こうして戦い続けることができているのか。ふむ。言われてみれば確かに……言語化して考えてみたことも、久しくなかった。恐らくは単純なことだが――」

人造転生者(ドライバー)として生まれた者が積み上げてきた人生の経験は、異世界転生(エグゾドライブ)のみ。

黒木田(くろきだ)レイが人間に近すぎた人造転生者(ドライバー)であったのだとしたら、鬼束(おにづか)テンマはその正反対に位置する……まさしくドクター日下部(くさかべ)が求めた兵器の完成体であったはずだ。

「今生きているこの世界に縛られることなく、対等な敵と闘争できるからなのだろう。……血が滾(たぎ)る闘争を。この私にとっては世界救済ではなく、勝負こそが異世界転生(エグゾドライブ)の本質なのだ。それだけで、私は生きた実感を得ることができる」

「……対等な敵か」

「世界を救うことが好きなわけではない。称賛されることが好きなわけではない。私はただ、ただ異世界転生(エグゾドライブ)の勝負が好きだ。故に楽しむ。理由があるとすれば、その一つだ」

冷たい無表情のままの言葉だったとしても、真実の心で言っていると分かった。

強い。シトは、そのような転生者(ドライバー)と戦わなければならない。

「鬼束(おにづか)テンマ。この俺にも、ようやく分かった。俺も異世界転生(エグゾドライブ)が好きだ。故に俺は俺の方法でそれに向き合わなければならない。他の誰の転生(ドライブ)スタイルでもなく」

「そうなのだろうな。ならば君はどうする」

「……戦う。だからこそ戦うのだ。黒木田(くろきだ)もそうしていた！　世界を変えるほどの自我を貫くために！」

「ああ、そうだ。それでいい。……それこそがいい」

クラウチングスタートの姿勢で、鬼束（おにづか）テンマはトラックを待ち構えた。

シトもまた転生レーンの前方を見据えている。

「さあ、全日本大会準決勝のレギュレーションは、『単純暴力Ｓ＋』！　極めて高難易度の転生（ドライブ）となります！　両者、オープンスロット三本の提示をどうぞ！」

横に立つ対戦相手に目を向けることなく、両者は宣言した。

「私は……【超絶成長（ハイパーグロウス）】。【絶対探知（フラグサーチ）】。【魔王転生（ダークネス・ドライブ）】」

「【超絶成長（ハイパーグロウス）】。【絶対探知（フラグサーチ）】……【後付設定（サプライズ）】」

沸騰するような空気の中、カウントは冷たく進み、転生レーンに待ち受ける二台のトラックは、同時にエンジン音を響かせた。

３。２。１。そして。

「レディ！」

「……レディ！」

互いの叫びを合図にして、彼らは走り出す。

２ｔトラックが少年を轢殺する轟音（ごうおん）が、そのまま壮絶なる転生（ドライブ）の狼煙（のろし）と化す！

「「エントリィィ――――ッ!!!」」

22.【絶対探知】

第二回戦の後、星原（ほしはら）サキは自分の席には戻らなかった。ルドウやタツヤとは離れて、一人で観客席の通路を歩いている。

通路からも、会場モニタが映し出す準決勝の状況は見えていた。純岡（すみおか）シト対鬼束（おにづか）テンマ。

（【超絶成長（ハイパーグロウス）】。【絶対探知（フラグサーチ）】）

二人が選んだオープンスロットは三つのうち二つまでが一致している。

全日本大会の準決勝にまで進んだこの二人が選んだ以上、このCメモリ（チート）選択もまた、定石や読み合いの結果そうなっているはずだ。

「……どうして、二人とも【超絶成長（ハイパーグロウス）】と【絶対探知（フラグサーチ）】を選んだんだろう」

あえて、独り言のように呟く。

「教えてくれる？　黒木田（くろきだ）さん」

「……」

サキが自分の席から離れて探していたのは、黒木田（くろきだ）レイの姿だった。

彼女も、純岡シトの転生を見守らずにいられるわけがないと思っていたから。

果たして……黒木田レイは二階客席入口近くの片隅で、ひっそりと身を縮めて座っていた。

今の彼女は露出の多いドレス姿を隠すように、毛布で体を覆っていた。

「……星原さん」

「あはは。やっぱりアタシ、異世界転生の素人だからさ。せっかく凄い戦いでも、詳しい人に説明してもらわないと損しちゃうなって思うんだよね。でも教えてもらおうにも、タツヤはおバカだし、ルドウは口が悪くてやな感じだし」

「あの……でも、ぼくは……」

「もしも親切に解説してくれるくらい天才で、美少女の……中学生転生者が一緒に観てくれたら、とっても助かるなあーっ」

黒木田レイは、毛布に口元を埋める。

無力感や罪悪感、情けなさ。そういった感情に押し潰されそうになっているのかもしれない。

だからこそ、誰かが傍にいてやらなければいけないと、サキは思う。

（……それでも、こうして純岡クンの転生を見てるんだから）

以前大葉ルドウの研究所に訪れた時に、シトがレイに寄せる想いを聞いたことがある。

レイの側の想いは――サキが確認するまでもない。

（好きに決まってる）

レイの隣の空席に座る。彼女は、ぽつりと話しはじめた。

「……前にシトと鬼束(おにづか)が戦った時。シトはどうして直接攻撃(ダイレクトアタック)で負けたと思う？」

「それは……やっぱり、【魔王転生(ダークネス・ドライブ)】を隠されてたから……？　いきなりあんなにＩＰ量が変わるなんてあり得ないことだったし……」

「そうじゃない。【魔王転生(ダークネス・ドライブ)】は確かにＩＰ計算を逆転させるＣメモリ(チート)だけれど、それだけなんだ。あの時みたいな直接攻撃(ダイレクトアタック)戦術に関しては、Ｃスキル(チート)の効果自体が成功率を上げていたわけじゃない。鬼束(おにづか)の【超絶成長(ハイパーグロウス)】。それが本当の敗因だ」

「【超絶成長(ハイパーグロウス)】……あの時の純岡(すみおか)クンのデッキって、確か【超絶知識(ハイパーナレッジ)】【産業革命(インダストリアルR)】【運命拒絶(セーブ&リセット)】……それと、【後付設定(サプライズ)】だったっけ」

「うん。Ｃスキル(チート)のコンボを駆使して善戦できたとしても、直接攻撃(ダイレクトアタック)でものを言うのはやっぱり、純粋な戦闘能力だ。最適のルートで成長させた【超絶成長(ハイパーグロウス)】には勝てない」

「……でも【魔王転生(ダークネス・ドライブ)】だって、直接攻撃(ダイレクトアタック)に全く役に立たないわけじゃないよね？　鬼束(おにづか)クンは、対戦相手への直接攻撃(ダイレクトアタック)のリスクがなかったんじゃないかな。人類への貢献者を倒してもＩＰが減少しないから……【魔王転生(ダークネス・ドライブ)】でＩＰ獲得判定が逆転してるんだもん」

「そう。それはシトの方から見ても同じだ。シトと鬼束(おにづか)は、互いに、いつでも直接攻撃(ダイレクトアタック)ができる。だから尚更(なおさら)、どちらも直接攻撃(ダイレクトアタック)戦術の攻めと守りに対応できる【超絶成長(ハイパーグロウス)】は確定になる。しかも今回のレギュレーションは『単純暴力Ｓ＋』なんだ」

ただ直接攻撃（ダイレクトアタック）に負けないだけであれば、先程のレイの戦いのような【不朽不滅（エバーグリーン）】という選択もあり得る。だが、Ｃメモリ（チート）の枠は四つしかない。異世界転生（エグゾドライブ）に臨む転生者（ドライバー）は、様々な必要条件を考慮し……そして最後のシークレットすらも想定して、オープンスロットを切り詰めなければならない。

「それを踏まえて。星原（ほしはら）さんなら、どのＣメモリ（チート）を二つめに選ぶ？」

「うーん。アタシはよく分かんないけど……なんとなく、【達人転生（スタートダッシュ）】や【集団勇者（フラッシュモブ）】は不利なような感じがするんだよね」

「……！　どうしてそう思うんだい？」

「なんだろう。長丁場の……上限レベルの高い試合になるはずだから」

サキは、これまで見てきた異世界転生（エグゾドライブ）の戦闘を思い返している。

【達人転生（スタートダッシュ）】で取得可能な達人スキルは、序盤でこそ無敵の威力を発揮するが、成長上限に関してはその限りではない。

大量のＩＰを得られる【集団勇者（フラッシュモブ）】も使いきりの効果である以上、試合が長引くほどにそのアドバンテージは低下していく。

「アタシなら……【弱小技能（ウルトラレア）】かも」

「……すごいな。それは正しい選択だよ……理論上は。長丁場の試合になれば、【弱小技能（ウルトラレア）】が一番役に立って、応用が利くＣメモリ（チート）なのは間違いない」

「そうなんだ。でも理論上ってことは……実際には違うってことだよね？」

「ん……前も話したことがあったかな。【弱小技能（ウルトラレア）】は扱いが難しいのさ。ボーナススキルを集中的に使いこなそうとすれば、却（かえ）ってそのスキルに振り回されることにだってなりかねない。一つ間違えると、人生の労力配分が崩れて負けてしまう。全国の舞台でいきなり試すようなデッキじゃないし、それができるのは、やっぱり外江（とのえ）ハヅキくらいなんだろうね……」

「じゃあ……【無敵軍団（ネームドフォース）】？」

「そう。一番合理的な選択肢は【無敵軍団（ネームドフォース）】。手数も総戦力も増えるし、敵の勢力を確実に削れる。基本のハイパー系に次いで使いやすいＣ（チート）メモリだからね」

事実、関東地区予選における鬼束（おにづか）テンマのデッキ構成がこの形であった。

対戦相手が内政を仕掛け、それを武力によって打ち崩す必要がある場合は、転生者（ドライバー）単騎のみの侵攻では間に合わない。確実な統制が取れ、容易に倒れることのない【無敵軍団（ネームドフォース）】の召使（オプション）を軍団指揮官として、面制圧を仕掛ける必要がある。

「でもこの試合は、二人とも【無敵軍団（ネームドフォース）】を入れてない……？」

「――【絶対探知（フラグサーチ）】があるからだよ」

【絶対探知（フラグサーチ）】。シトとテンマの構成が重なった、二つ目のＣ（チート）メモリである。

「鬼束（おにづか）には【魔王転生（ダークネス・ドライブ）】があるよね？　彼は人類の味方を倒しても、ＩＰが減少しない……むしろそれが魔族にとって強力な敵であるほど、ＩＰを獲得することすらできる。その状況はシトにとっても同じだ。鬼束(おにづか)に直接攻撃(ダイレクトアタック)しても、その召使(オプション)を倒しても、IPを得られてしまう。星原(ほしはら)さんならどうする？」

「そっか……【無敵軍団(ネームドフォース)】は……使わない……。いや、使えない……」

サキが予感していた通り、両者のCメモリ(チート)の選択には、当然の流れがあったのだ。

【超絶成長(ハイパーグロウス)】の存在が絶対の前提にあるこの戦いには、【無敵軍団(ネームドフォース)】も【英雄育成(トップブリーダー)】も……それどころか【集団勇者(フラッシュモブ)】も使ってはならない。

「強い仲間を育てるほど、敵のIPの餌にされるから、【絶対探知(フラグサーチ)】はそのためのCメモリ(チート)だ……！　相手が育てた召使(オプション)を探知して、倒すために……二人とも！」

「――その通り。加えて【絶対探知(フラグサーチ)】は、仮に敵が【無敵軍団(ネームドフォース)】系の強化を狙ってこなくても、多くの不確定要素を潰せる、受け手の広いメモリでもある。適切なイベントを探知して、効率的に成長していくことだってできる」

「この状況で一番総合力が高いのは、【絶対探知(フラグサーチ)】……そうだったんだ。二人とも、当然みたいにそこまで読んでた……」

「だから、Cメモリ(チート)の三本め。ここからが、ようやくデッキ構築のスタートラインになる。……鬼束(おにづか)はその三本めも【魔王転生(ダークネス・ドライブ)】で埋まってるかな」

「じゃあ、もうほとんど構築の余地なんてないんじゃ……？　鬼束(おにづか)クンって、それでも強いの？」

「……強いよ」

【悪役令嬢（ネガ・フェアレディ）】を与えられてからのレイは、シミュレーター上でテンマに勝ち越している。勝ち越し——それが事実だ。速攻戦術を封殺し、内政型をもっとも得意とするレイが、それ以外の戦術を一方的に封殺する【悪役令嬢（ネガ・フェアレディ）】を使ってすら、全勝ではなかったのだ。

「どうしてあそこまで強いのか、ぼくには分からない」

サキは肘掛けで片頬杖（かたほおづえ）を突いて、レイに笑いかけた。

「ふふ。じゃあ、しっかり応援してあげないとね」

「……星原（ほしはら）さん」

「なに？」

「……ん。その……ありがとう」

星原（ほしはら）サキは、試合の解説以上の言葉をレイに求めたりはしなかった。

アンチクトンとして友を裏切ったレイを問い詰めることなく、それでも、この広い会場で真っ先に探し出してくれた。

「いいからいいから、暗い顔しないで！　せっかくの全日本大会なんだから、楽しまなきゃ！ね？」

＃

森羅精霊なる強大な上位存在に脅かされる世界。森羅精霊は自然界の管理者を名乗り、文明が発展する兆しは全て滅ぼされ続けている。僅かに生き残った者は、人類も魔族もこの上位存在の意思に左右される奴隷に等しく、世界の可能性は完全に閉ざされつつある。

さらに森羅精霊の背後には天声霊アーズなる想像を絶する存在があり、その正体も力の限界も、確認できたものはいない。


砂漠の如き荒廃した辺境……その酒場の中から、破砕音があった。

ガラスと、木が砕ける音。

「グヘへ……いい度胸しているじゃねェか、坊主」

店内では筋骨隆々の大男が、片手でテーブルを叩き割っている。

もう片手で、給仕の娘の髪を掴んで引きずっていた。

「この小娘をどうしようが、俺様の勝手だろうがァ……？　俺ら赤竜騎士団に逆らえる奴ァ、この街にはいねェんだぜェ～？」

赤竜騎士団S級騎士、ザルドブル・ドルゲステア。

彼の前に立っているのは、若者とすら言えぬ、僅か九歳ほどの、駆け出し冒険者の子供だ。

だが相手が女子供だろうと、ザルドブルには情けも容赦もない。

相手は見るからにみすぼらしいギルド支給装備。一方のザルドブルは、たった一人で幻想種の空鯨をも屠る(ほふ)S級騎士である。カウンター奥に震える店主は無法騎士の狼藉(ろうぜき)に為すすべなく失禁している。他の客も同じような有様(ありさま)だ。

ザルドブルがこの子供相手に何をしたところで、訴え出る者はいないだろう。

「当然……こういう時の作法は分かってンだろうな？　決闘だァ……！」

「……俺にも準備がいる。決闘の日時はいつだ」

「あァ？　そんなものあるかよ。テメーはこれから、俺様の好きな時に切り刻まれて、好きな時に這(は)いつくばるんだよ。テメーがボロ雑巾になろうが、俺の飽きるまで何ラウンドでもだ。この街で俺にナメた口を利く野郎がどんな目に遭うか、他の連中にもよーくウッボアアアアァッ!!?」

「──それは助かる」

ザルドブルの全ての歯が拳圧だけで粉砕破壊！　駆け出し冒険者が被(かぶ)っていたフードが風圧で翻って、銀髪と酷薄な眼光が露(あらわ)になる。

駆け出し冒険者の正体は、我らが純岡(すみおか)シト！

「ならば今すぐでも構わんということだな」

ザルドブルの巨体は床板を盛大にまくり上げながら壁にまでめり込み、再起不能！

転生体（アバター）の名はシト・リガ。転生開始（ドライブ）から九年時点のイベントである。

「……弱いな。品性にも乏しい」

ＩＰ獲得言動ではない。他の異世界と比較した、ごく素朴な事実の確認であった。

『単純暴力Ｓ＋』。世界を脅かす敵はより強大であり、対する味方の質は低い。崩壊の差し迫った世界は治安の悪化も甚大である。

故に、現地の仲間を強化する【無敵軍団（ネームドフォース）】系統の価値が相対的に下落するレギュレーションであるとシトは判断している。

「すげえ……！」

「あのザルドブルを一撃で！」

「あれが噂の、最年少Ａ級冒険者のシトか！」

「もしかしたら、西壁剣峰の魔王も倒してくれるかもしれないねえ……」

「ははは婆（ばあ）ちゃん、子供にそりゃ言いすぎだって。王国の大隊だって手も足も出なかったって話だぜ？」

「待て。その情報を詳しく聞きたい」

西壁剣峰の魔王。【絶対探知（フラグサーチ）】の情報が確かであれば、その地帯で魔族を纏（まと）め上（あ）げ、急速に勢力を伸ばしている男こそが、かの鬼束（おにづか）テンマであろう。

この異世界を脅かす脅威目標――森羅精霊にとっては、魔族も等しく攻撃対象である。

【魔王転生（ダークネス・ドライブ）】を持つテンマも、世界救済の難易度は人間勢力と同様であるはずだが。

「なんでも、森を切り開いて……工場？　だかなんだかを作ってるって話だぜ」

「ああ。紙を束ねて……本を作ってるとか……」

「……活版印刷技術……!!」

決してあり得ない速度ではない。しかしそれは、【超絶知識（ハイパーナレッジ）】や【産業革命（インダストリアルR）】などの内政系C（チート）スキルを用いていた場合だ。

異種族への文字の普及。さらには印刷技術による教育の浸透。鬼束（おにづか）テンマは、僅か九年でその事業に着手したというのか。

（……書物が普及すれば、口伝（くちづ）て以上に正確に、自分自身の偉業を広く知らしめることができる。つまり、より広い範囲からのＩＰの獲得を意味する。そして書物を普及させているということは、既に文字についても統一を図っているということ……！　統一言語の完成は、征服を強固にできる。今の時点から今後のＩＰ獲得の下地を作っている！）

やはり、鬼束（おにづか）テンマの転生（ドライブ）には些（いささ）かの迷いもない。強い。

だが、人類にはそれを看過するしか選択肢はないのだ。相手がＤ（ダーク）メモリの使い手といえど、この初期時点から直接攻撃（ダイレクトアタック）を選び、攻め込むことは到底できない。

中学生全国大会レベルですら、単独救済（ソロプレイ）での『単純暴力Ｓ＋』の攻略はまず不可能だ。対戦する二名が同一の目的に向かって邁進（まいしん）し、互いに獲得ＩＰをインフレさせ続けた末に、ようやく打倒可能な目標であるといえる。

すなわちシトにとってのテンマは、敵でありながら、世界救済に必要不可欠な味方でもある。

このレギュレーションに直接攻撃（ダイレクトアタック）を仕掛けるタイミングが存在するとしたら、転生終盤（ドライブ）しかない。直接攻撃（ダイレクトアタック）のみに的を絞った速攻戦術は、本末転倒の愚策。

――故に【絶対探知（フラグサーチ）】。それは敵の配下を探り当てる牽制（けんせい）のためだけの選択ではなく、全ての準備が整うまで、直接対決しないためのＣメモリ（チート）でもあるのだ。

（……敵が文明を発展させるなら、こちらも文明。正面から戦うしかない）

シトが思案を巡らせる中、酒場の扉が開いた。小太りの男が駆け込んでくる。シトの召使（オプション）の商人であった。

「シトさん！　やったアル！」

【超絶知識（ハイパーナレッジ）】【産業革命（インダストリアルＲ）】などのＣメモリ（チート）を使わない場合、文明を発展させるためには現地人の協力が必須となる。彼もそのための召使（オプション）だ。

「臨時議会で特許法が成立！　シトさんの発明、たくさんお金になるアルよ～ッ！」

「……計画通りだ。ならば次はサスペンションの開発！　自動車の普及に入る！」

◆

転生開始（ドライブ）から十一年が経過。

黒雲が立ち込め雷鳴が響き続ける西壁剣峰。鋭角じみた山頂角度を持つ奇怪な山々は、同時に魔王の居城でもある。

歴史上あり得ざる速さで魔族を統一し、新たな支配体制を確立した魔王の名は、荒塵鬼（こうじんき）テンマ。鬼束（おにづか）テンマの転生体（アバター）であった。

「――自動車。なるほど。どうやら純岡（すみおか）シトが企図しているのは、文明の鎧（よろい）。人類の生存圏の強固化のようだ」

黒く巨大な玉座で、人類の動向報告を聞く。

生まれ持った遺伝子のためか、あるいは魔族の間で暮らしたためか。鬼束（おにづか）テンマは既に成人男性を凌駕する体躯（たいく）である。

「馬にも劣る玩具に何ができますの？　人間らしい、愚かな鉄遊びですわ。魔王様はいつも、些細（ささい）なことを気にしすぎですわよ……ふふ」

「今の技術段階ではそう見えるのも無理はないが」

報告を告げた側近のサキュバスは豊満な肢体を接触してテンマを誘惑しようと試みていたが、

いつものように無意味だと分かると、不満そうに体から離れた。

「――自動車の真の強みは、移動手段としての性能などではない。普及すればするほどに、道路の舗装と整備が必要とされるということにある。各地域に公共事業を創出し……張り巡らされた道路インフラは文明の流通速度を飛躍的に高める。いずれ、辺境にすら王都同様の文明の力が浸透する」

「よく分かりませんけれど、おかしな話ですわね。それだけ利点があるものなら、先に道路を作ってしまえばいいだけなのに」

「人間の内政を動かすセオリーは、魔族のように単純ではないさ」

一方でテンマもまた、各地の有力魔族や森羅精霊を打ち滅ぼしつつ、着々と文明の普及を進めているところだ。

既に、魔力で自動化された活版印刷工場を数十箇所に建設している。それらの工場で印刷された『教科書』は、世代交代の早いゴブリンやリザードマンに無償配布され、彼らに基礎教養を与えるとともに、種族を越えた統率の基盤を築いている。

（……君のレベルであれば分かるだろう、純岡（すみおか）シト。【超絶知識（ハイパーナレッジ）】がなければ、転生者（ドライバー）は文明を伝達することはできないか？　【政治革命（ポリティカルR）】がなければ、ゼロから新国家を樹立することは叶（かな）わないか？　――そうではない）

少なくともテンマはそうではない。最強の転生者（ドライバー）たらんとするならば、その程度の人間文明は元より使いこなせてしかるべきものなのだ。

　戦術学。工学。言語学。薬学。経営学。彼は異世界へと持ち込める全ての歴史を学び、武器としている。その肉体のみならず頭脳までも、鬼束テンマは常人を遥かに凌駕する人造転生者であった。

「誰もが漫然と用いる自動車の内部構造。たかが風邪薬の化学式と製法。食卓に転がるマヨネーズの容器に至るまで……真に最強を目指す転生者ならば、転生のために、全てを糧にしなければならない！　異世界転生の強者であるということは、人生の強者であるということ！　純岡シト。君も私と同じだ。人生の多くを異世界転生に費やしてきた、純粋培養の戦士！」

　異世界全日本トーナメント関東予選において――テンマを感嘆させた強者は二人。外江ハヅキと純岡シト。だがシトの強さの種類は、外江ハヅキとは明確に違う。

　彼の強さは、ハヅキのような多くの才覚に恵まれた者の強さではないからだ。異世界転生以外の何かを持ちあわせていなかったが故に、強くならざるを得なかった。

　テンマは彼の人生について知る由もない。だが転生スタイルから伝わる純岡シトの虚無は、まるでテンマ自身の人生の鏡写しだ。

　同じ世界に転生した転生者同士だけが、その一度の人生に賭けた哲学を互いに感じ取ることができる。

「血が滾る。君ならば、この滾りの先を見せてくれるか……純岡シト！」

◆

純岡（すみおか）シト　IP190,629,210　冒険者ランクS

オープンスロット：【超絶成長（ハイパーグロウス）】【絶対探知（フラグサーチ）】【後付設定（サプライズ）】

シークレットスロット：【？？？】

保有スキル：〈無限剣SS＋〉〈刹那拳SS〉〈空渡りSSS〉〈戦術予報A〉〈千里眼A〉〈工学A〉〈経済学A〉〈完全言語A〉〈完全鑑定A〉〈広域経営S〉〈鳳凰術（ほうおうじゅつ）S〉〈海龍術S＋〉他20種

鬼束（おにづか）テンマ　IP220,187,777　冒険者ランクS

オープンスロット：【超絶成長（ハイパーグロウス）】【絶対探知（フラグサーチ）】【魔王転生（ダークネス・ドライブ）】

シークレットスロット：【？？？】

保有スキル：〈波動SSS＋〉〈咬篤門SS＋〉〈爆滅の魔眼S〉〈究極肉体SS〉〈第六感SS〉〈魂備蓄SS〉〈政治学S〉〈カリスマSS〉〈完全言語S〉〈完全鑑定B〉〈空獅術（くうしじゅつ）SS

十〉〈界蛇術A〉他23種

♯

――ネオ国立異世界競技場から遠く離れた、高級住宅街。

正確には、高級住宅街跡地と化した瓦礫（がれき）の山に、ＷＲＡ会長エル・ディレクスは立っている。

「……まずは、話をしてみませんか？」

彼女は、ズタズタに破れたスーツの上着を脱いだ。超常的なスキルの数々を駆使して、映像の送信を続けるボタンカメラだけは守っているが、それもいつまで続くか。

エルが対峙するニャルゾウィグジイィは、間違いなく彼女以上の無敵の肉体を持つ――何よりも強大な悪意を秘めた転生者（ドライバー）なのだ。

「転生元の世界が異なる転生者（ドライバー）を排除しても、異世界転生（エグゾドライブ）の勝利には何も貢献しませんからね。あなた方のドライブリンカーでもそうでしょう？」

「ふーん……大体事情は分かったけど。なに？　この世界の転生（ドライブ）のルール、あんたが考えたの？　あのバカらしい……子供の遊びみたいな、異世界転生（エグゾドライブ）をさ」

「……いいえ。私の世界に伝わっていたドライブリンカーが、ＩＰシステムを採用していたというだけです。あなた方のルールは違うのですか？」

金髪の青年――ニャルゾウィグジイィが、ドライブリンカーを左腕に呼び出す。

この世界に普及しているものと同じように見えるが、恐らくは、僅かに違う。

どこか遥か上位の世界から、ドライブリンカーは無数の分岐世界に下ってきた。持ち込まれた世界に様々な形で定着し、複製され、さらに別の世界へと分岐していく。下流からでは全容を把握できぬ、無限に伸びていく系統樹のように。

その系統樹が枝分かれした形態の内の一つが、エルをはじめとしたこの世界の転生者（ドライバー）が持つ、IPを用いたスキル成長システム。世界を救う異世界転生（エグゾドライブ）の指向性を組み込まれたドライブリンカーなのだ。

（――ならば無論、最初から世界を救わないドライブリンカーがあり得る）

デパートに現れた転生者（ドライバー）と思しき二人組は、転生先（ドライブ）であるこの世界からさらに異世界転生（エグゾドライブ）の試合をしたのだという。それが可能だったのだとすれば、彼ら自身のドライブリンカーとシステムを異にするこの世界のドライブリンカーを、二重に装着していたためだ。

さらに、この世界におけるC（チート）スキル使用。大葉（おおば）ルドウが研究所で見た観測機器は、WRA側でも観測結果を逐一監視していたものであった。相手が転生者（ドライバー）であるとするなら、国家を総動員したとしても現代の軍事力如きが対抗し得る域ではない。異世界からの転生者（ドライバー）であるエルが直々に出向いて、なお打倒が叶うかどうか不確定な世界脅威。その懸念の排除のために彼女は来た。

「観光だよ」

「……？」

「こんなの、観光用の玩具だ。一応……現地で二十年くらい過ごすのがルールでさ。異世界からのエネルギーの回収がてら、反則（チート）で気ままにスローライフを楽しむんだ。反則（チート）の力で世界救済とか、偽善にもほどがある。子供の妄想かよ」

「……あなた方の転生（ドライブ）にＩＰ連動がないということは、取り寄せた転生（ドライブ）ログで知っていました。やはり……原因はメモリではなくドライブリンカー側。そちらの世界のドライブリンカーには、元々ＩＰ連動機能が搭載されていない、ということですね」

エルの世界のドライブリンカーに、後からＩＰ連動システムが組み込まれたのか。あるいはニャルゾウィグジイィの世界のドライブリンカーが、元々存在していたシステムをオミットしたものであるのか。

どちらが正しい形であったのか、それはさしたる問題ではない。世界間の干渉が一方通行である以上、誰にも答えの出せない物事である。

「……それは単一目的の兵器です。異世界を滅ぼし、潜在エネルギーを回収するための兵器」

「ははははは。兵器じゃないって。玩具だよ」

エルは戦闘態勢を取った。打撃衝撃を原子核の自転運動へと共振させスピン偏極核融合反応を引き起こす、〈核力発勁ＳＳＳＳＳ〉の構えである。

「マジになっちゃって……あんたが手出さなかったら、あと一ヶ月か二ヶ月くらいは、この世界も長生きできたと思」

言葉の途中で、ニャルゾウィグジイィの脇腹に衝撃が突き刺さった。エルの打撃は30mの距離を隔てて瞬時に到達した。無敵の【異界肉体（CODE0010）】を持つニャルゾウィグジイィの体が半回転した。体が宙を舞う間に、足がかりのない空中にエルが現れる。

ほんの僅かなタイムラグすらなく、そこに現れたように見えた。

「！」

地球上の遍く物質反応を凌駕する速度で打ち込まれた拳は、しかし【異界肉体（CODE0010）】の圧倒的な反射速度に迎撃される。

両者の拳の間、水素原子が極小の核爆発を起こす。爆風が彼我の距離を再び離す――否。

先程と同じように、到達地点には既にエル・ディレクスが存在している。道路標識を、居合じみて構えていた。

距離や障壁の概念を無意味化するスキル。〈トンネルエフェクトSSS＋〉。

「剣禅一致。剣の到達点は無念無想の極地であって、故に世界と合一である――」

黒い剣閃（けんせん）。

世界が即座に断裂した。

地表から空へと伸びた概念無視の切断線は、エルとニャルゾウィグジイィの直線延長上の人工衛星を一つ消滅させた。

「……故に。アカシック柳生。〝無明瀑流(むみょうばくりゅう)〟」

エルの意識に油断はない。〈予知SS〉。〈超並列思考SSSSS〉。彼女は常に、数秒先の光景を知覚している。

『止まれ』の標識を真横に抜き放つ。〈アカシック柳生SSSSS－〉。それは横合いから奇襲を仕掛けたニャルゾウィグジイィの蹴りを受けた。

「はは」

敵は無傷。笑っている。

「面倒くさいなぁー。僕、戦いにきてるんじゃないんだけどなあ！」

「……」

条理の通じぬ身体能力。斬撃詠唱動作の因果を遡って数秒前に切断を発生させる〈アカシック柳生SSSSS－〉すら、ニャルゾウィグジイィは回避できてしまう。

その身に斬撃が触れたことを知覚した後から、肉体の速度だけで回避していたのだ。それも、〈トンネルエフェクトSSSS＋〉で不意を打たれた状態から。

「剣禅一致。〝輪廻花車(りんねかしゃ)〟――……ぐっ!?」

光が弾(はじ)けた。

光。それはニャルゾウィグジイィが放った拳だ。エルが知覚できた打撃物量は五桁までが限界であった。市街がクレーター状に陥没し、地殻が攻撃余波で溶融した。

「――無駄だって。とっくに知ってるだろ？」

（……戦闘スキルを、これだけ極めても）

一切の破損を無効化し、さらに肉体の完全性を保ち続ける〈完全構造ＳＳＳ＋〉〈不滅細胞ＳＳＳＳ＋〉を以てしても、無視のできないダメージがエルの体に刻まれている。

ＷＲＡ会長エル・ディレクスには、長い転生（ドライブ）の中で極めた無数のスキルが存在する。ＷＲＡ会長として得続けた、この世界での莫大なＩＰが存在する。

しかしその転生者（ドライバー）であっても逆らうことのできない、唯一絶対の原則がある。

ニャルゾウィグジイィが、笑みとともに告げる。

「Ｃ（チート）スキルに勝つことはできない」

◆

エル・ディレクス　IP6,249,962,303,610　冒険者ランクＳＳＳＳＳＳ

オープンスロット：【産業革命（インダストリアルR）】【倫理革命（モラルR）】【超絶知識（ハイパーナレッジ）】

シークレットスロット：【複製生産（パイレート）】

保有スキル：〈核力発勁ＳＳＳＳＳ〉〈アカシック柳生ＳＳＳＳＳ－〉〈完全構造ＳＳＳＳ＋〉〈不滅細胞ＳＳＳＳＳ＋〉〈超並列思考ＳＳＳＳ〉〈分子欠陥知覚ＳＳＳ〉〈予知ＳＳ〉〈トンネルエフェクトＳＳＳＳ＋〉〈完全言語ＳＳＳ〉〈完全鑑定ＳＳ〉〈資産増殖ＳＳＳＳＳ〉〈未来工学ＳＳ＋〉〈未来物理学ＳＳ〉〈未来経済学ＳＳ〉〈絶対名声Ａ＋〉〈料理Ｄ〉他1968種

ニャルゾウィグジイィ　IP－202

オープンスロット：【異界肉体(CODE0010)】【異界王権(CODE0032)】【異界軍勢(CODE0832)】
シークレットスロット：【異界鑑賞(CODE0003)】
保有スキル：〈格闘N/A〉〈話術N/A〉〈心理学N/A〉〈日本語N/A〉

◆

鬼束(おにづか)テンマは、人間の0歳児換算の時点で既に7kgの体重があった。他のアンチクトンの人造転生者(ドライバー)と同様に、優れた遺伝子同士を交配させて作り上げた天才である。

その規格外の体躯と恐ろしい風貌は、一般社会に育っていたのならば、周囲に恐れや困惑を抱かせるものだったかもしれない。

しかしドクター日下部（くさかべ）は彼の早熟な成長と類まれなる学習意欲を大いに賞賛しながら育て、テンマもまたそれに応えるように、最強たるアンチクトンの転生者（ドライバー）として、誰よりも貪欲に力を身に宿し続けてきた。

――そして六年前。

ドクター日下部（くさかべ）が鬼束（おにづか）テンマと交わした会話がある。

「ドクター。魔族は人間よりも劣っているのか」

「ほう」

ドクター日下部（くさかべ）は廊下を行く足を止める。実験室へと向かう途上であった。

今日の世界間ポテンシャル移動の検証実験には数ヶ月がかりの時間を費やして前準備を進めていたが、彼にとっては幼いテンマが発したその何気ない疑問の方が重要であった。

「君はそう判断するに足る何らかの気付きを得たということだな！　ならば私が教えるよりも、そちらが先だ。君の気付きを私に教えてほしい！」

「感謝しよう、ドクター。簡潔に伝える」

テンマは、小さく頷（うなず）く。

「アンチクトンの目的は……異世界転生（エグゾドライブ）によるエネルギー回収。しかしこのドライブリンカーの仕様はＩＰ運用による世界救済以外を認めない。故に、より多くの異世界の保有ポテンシャル——可能性選択肢を掠奪（りゃくだつ）する形によって世界救済を行う必要性がある。それはすなわち、D（ダーク）メモリによる世界救済……人類滅亡及び魔族救済による勝利であると言い換えることができる。

俺の理解は正確だろうか」

「素晴らしい。理解の程度もそうだが、何よりもそれを自分自身で言語化できているということが素晴らしい。製造から八年とはとても思えないな、鬼束（おにづか）テンマ……！」

可能性選択肢に基づく世界のポテンシャルは、極めて単純化された位置エネルギーのような模式で表すことができる。

未来に待ちうける分岐がより多い世界は、いずれ生まれる並行世界をより多く現在の時間軸に内包する世界であると言い換えることもできる。見かけ上のエネルギー総量が10しかない世界であるとしても、１００の選択肢があるのならば、未来の分岐を含めたエネルギー総量は１０００であり得る。この総量が大きい世界は他の世界の『上』だ。

ドライブリンカーは、対称性の破れによって世界間の『高低差』を取り出し、個人に属する力として運用するデバイスである。

よって転生（ドライブ）先の異世界の位置エネルギーを相対的に『下』に落とすことができるのならば、それに比例して、この現実世界が回収可能なエネルギー量は飛躍的に増加することになる。

「何故、魔族には可能性が少ないのだろうか？　彼らは人間より劣っているのか」

「それは誤った理解だ、鬼束（おにづか）テンマ。劣っている、などとは教えていない。可能性が少ないことが悪であるなど、誰にも言い切れることではないのだからな。ただし……ただしその上で、魔族が人間よりポテンシャルに劣る種族であることは、紛れもない事実でもある！」

「……ならば、より深く魔族という存在について知りたい。特に世界単位のポテンシャルとどのように相互作用しているのかを。我々が転生（ドライブ）する以上、人間ではなく魔族をこそ救うことになるのだから——彼らに救うべき価値があるのならば、それは一つの正義だろう」

ドクター日下部（くさかべ）は、深く笑みを浮かべた。

人間でありながら人間と魔族を平等に見据え、魔族を救うことへの正義を見出（みいだ）そうとしている。まさしくドクター日下部（くさかべ）の求める、魔王の資質だ。

「ふむ。ならば、まずは魔法の話をしよう」

「魔法。異世界において、こちらの世界における物理法則とは見かけ上異なる法則で動作する現象操作術の総称という理解で構わないか」

「そう。我々が観測する異世界には、例外なく『魔法』、あるいはそれに類する技術が存在する。君も十分にその事実を認識しているはずだ。それは何故か。君は何かしらの仮説を立てたことはあるか」

「検証はしていないが、むしろこちらの世界の方が特異的であると考えている」

「ほう」

「——大統一理論が未（いま）だ証明されていない以上、自然界に第五以降の……いいや。電弱統一が成されている以上は、第四以降のというべきか。別個の、あるいは別の見かけで作用する力が並行世界に生まれることは、何も異常ではないと思う。……そして全ての異世界に魔法が存在する以上、例外はこちらの世界の側だ。私はこちらの世界に存在する力の種類が何らかの理由で少ないのであって、相対的に、他の世界に存在する物理法則との差異が魔法のように認知されるものと解釈している」

「なるほど！　ククククク！　それは新しい視点だ！」

ドクター日下部(くさかべ)は愉快そうに笑った。実際に、そうであるのかもしれない。

異世界に対しては常にその世界の法則に基づく転生体(アバター)越しにしか接触することはできず、仮にその異世界で全知を極めようとも、こちらの世界との対照実験を行うことは永久にできない。無数に存在する異世界の正体が何であるのか、それは一つの世界の住人には決して解き明かせない謎なのであろうから。

「だが、かつてのドライブリンカー開発チームが下した見解は、君よりももっと身も蓋もない結論だった。異世界で見られる魔法の類の技術の実態は、その世界における可能性の力を用いるものであろうと推定されている」

「可能性の力。ポテンシャル。ＩＰか。俺達がＩＰによって引き起こすような現象を、彼らはその世界にいながら起こしているというわけか」

「そう。故にそれは、使用すればするほどに世界の選択肢を狭めていく力であると言える！

そうして先の選択肢を消費し尽くした世界——それは一つの終焉が待つ世界であると『確定』する。『確定』したものは、不確定なものよりも観測されやすい。故に、そう……順序は逆になるのだ」

「……こちらの世界が発見した世界が尽く滅亡に瀕しているのではなく。滅亡に瀕する世界だからこそ、こちらから見えるということになるのか……」

観測された異世界の尽くが、危機に瀕していた。

文字通りに尽くが。科学の目で見る限り、それはただの偶然ではあり得なかった。

こちら側から他の世界が見えるのならば……それは『上』にある世界が『下』にある世界を見下ろしているということに他ならないのだから。

「我々が重力や電磁気を前提に生存を許されているのと同様、魔族は魔法を前提にして発生した生命といえよう。無論彼らの個々には自我があり、自由に未来を選択する個体もいる……それでも、彼らは総体として『あるようにある』個体なのだ。ドラゴンは空を駆けて財宝を集め、ゴブリンは巣穴に群れる。人類のように、予測のつかぬ挙動を見せることは非常に少ない。種族特有の典型行動の多さは、可能性と対極に位置すると言い換えることもできる」

滅びに瀕した世界は、得てしてその全体が単調化する傾向にある。

人間の行動ですら、そのようになる。典型的なパターンに沿うかのように動く者が生まれる。目に見えぬ可能性をエネルギーとして消費してきた世界であるからだ。

鬼束(おにづか)テンマは、魔族に味方することの正義を欲していたのだろう。

魔族にも彼らを生かすべき価値があり、人間と同様に世界に根付いていくことのできる可能性が存在するのだと。

だがドクター日下部(くさかべ)は科学者である。彼は事実の信奉者であって、テンマの求めるような大義を弁護したことはない。

彼に可能なことは、知る限りの事実を教えること。そこから正義を見出すのはテンマ自身だと考えている。

ドライブリンカーによる世界救済は、対称性の破れによる世界間エネルギーの一部を還元し、C(チート)スキルによって世に選択肢を齎(もたら)す行為だ。いくばくかの……数千年か、数万年程度の延命処置となるのだろう。

それ以上の世界を維持できるかどうかは、その世界そのものに残った可能性次第だ。どのような形で世界を救ったとしても、転生者(ドライバー)にはその段階までを左右することはできない。

「異世界からの転生者(ドライバー)が存在するということは、こちらの世界も……他の世界を滅ぼし、ポテンシャルを得続けなければ、いずれ滅亡に至る運命にあるということだろうか？」

「ふむ。30点といったところか。表現上は正しくとも、正確な理解とは言い難い。だが、いずれ全容を知るクリアランスにも至れると保証はしておこう。君は優秀な転生者(ドライバー)なのだからな。どのD(ダーク)メモリを運用するかはもう決めているのかね？」

「決めている」

　テンマは、一本のメモリを握っている。漆黒のCメモリ(チート)。

　この年にして、彼はDメモリ(ダーク)運用の教育過程に到達していた。

「【魔王転生(ダークネス・ドライブ)】だ」

　【魔王転生(ダークネス・ドライブ)】。それは最初期型のDメモリ(ダーク)にして、それ以降の全てのDメモリ(ダーク)の雛形(ひながた)ともなったメモリである。

「……ほう。あえて、そのDメモリ(ダーク)を？　【巨竜転生(ドラゴンフォーム)】。【追放勇者(エグザイルド)】。君に適合するDメモリ(ダーク)は他にも用意できるが」

「これでいい。可能性の危機にあり、いずれ滅亡に至る存在。今の私の理解度においては、魔族も我々も同じ立場だ。俺は魔族を救う魔王でありたい」

「クククククク！　私の話を正確に理解した上でかね、鬼束(おにづか)テンマ！　魔族がポテンシャルに劣る種族であること、彼らの生存が世界の可能性を閉ざしていくことは、十分に検証された事実だ！　それでも彼らの側を救うか!?」

「確かに、彼らを救うことの正当性が欲しかったのだと思う。それは否定された可能性だ」

　六年前。鬼束(おにづか)テンマが僅か八歳だった時点の、短い会話に過ぎなかった。

　けれどそのような会話が、信念の形成に大きな影響を与えることもある。

「可能性とは選択の結果だ。彼らが魔族であることは、彼ら自身の責任ではない。そして、その上で――」

全日本大会の今になってもなお続く信念である。

「――理のない可能性だからこそ、この俺自身の選択なのだ」

#

現在。異世界全日本大会、準決勝。

シトは深い森林に立っている。虫のような翅を持った少女の幻影が、彼に告げる。

「全ての生命は、完全な調和の中に生きています――」

「ふ」

シトが刹那の反応で繰り出した刺突は、しかし幻影を貫くだけで終わる。〈万里眼ＳＳ〉ですら動きを捉えられない敵だ。

「調和こそが自然の理。傷つけるだけの野蛮な暴力が意味を残すことはありません」

「……攻撃が命中した後から、それが本体ではなかったことにしているのか？」

少女の幻影は、一つだけではない。全方位からシトを取り囲んでいる。一の幻影をかき消せば、さらに十の幻影が現れる。

風と幻影の森羅精霊、ジュ・レテエル――人里を戯れに切り刻み、虐殺を続けてきた、ありきたりな単純暴力脅威。しかしそのレベルは他の異世界と比べても明確に高い。

　Ｃ（チート）スキルを擁する転生者（ドライバー）が苦戦すること自体、本来ならばあり得ない状況なのだ。

「……獣の声を聞きなさい。草花の声を。あなた達に踏みにじられ、嘆く自然の仲間達の調和の声を。私は彼らの代弁者として」

「理解した」

　シトは一呼吸で踏み込んだ。

　いくつかの音が重なって響き、剣を振り抜いた状態で着地している。

〈空間跳躍ＳＳＳＳＳ〉〈無限剣ＳＳＳＳＳ＋〉〈戦術予報ＳＳＳ〉〈鳳凰術ＳＳＳ＋〉。シトの背後で同時斬殺された数十体が掻（か）き消え、森林が爆発する！

「――ならば貴様に与えるのは、調和による死だ！」

「ギィアアアアアーッ!?」

　ジュ・レテエルは、断末魔の絶叫とともに爆死！

　シトは爆破魔法の遅延発動を仕込んだ上で、大量斬撃とともにフィールドそのものを消滅させたのだ。全ての幻影を同時に消滅させれば、ダメージを肩代わりさせることはできない。純（すみ）岡（おか）シトの戦闘能力あってこその頭脳プレイである！

　ジュ・レテエルの潜んでいた呪いの森は、天まで煙を噴き上げ炎上していた。

　現在の純岡（すみおか）シトの冒険者ランクはＳＳＳＳ。転生（ドライブ）開始から十五年が経過している。

（やはり、敵が強い）

自動車の大量生産は軌道に乗り、継続した特許収入のため金銭面の憂いもない。将棋を商品化して王侯貴族の間に普及させ、権力者との協力体制にも余念はない。悪徳貴族やならず者冒険者を残らず自らの手で駆逐し、人類から磐石の支援を受けられる段階である。

（……俺は転生以来、一日も休むことなくＩＰと経験点を稼ぎ続けている。それでも、森羅精霊ただ一体を倒すだけで、このＩＰ獲得量……）

この世界における敵は強大だ。森羅精霊の打倒で得られるＩＰや経験点は、他と比べても桁が違う。戦闘がＩＰを生み、ＩＰがさらなる戦闘能力を生む。

鬼束テンマを上回るためには、自らの正しさに確信を持っていなければならない。一時の思考でより良い戦略を思いついたとしても、横道に逸れるべきではない。世界脅威を倒し続けるサイクルこそが最高効率。そのように信じる必要があった。

（魔族は、文明を発展させ続けている。鬼束が指揮しているからこそ、魔族はまだ人間に戦争を仕掛けることはない。俺も同様。人間を攻め込ませるつもりはない。鬼束がそれをするとしたら、全ての準備が終わった最終局面――この転生、先に横道に逸れた者が負ける）

◆

西壁剣鋒の魔王城。瘴気（しょうき）に満ちた暗雲の下、林立する針の如き異様なシルエットを浮かび上がらせる難攻不落の要塞が、この世界におけるテンマの拠点である。

「育児政策の浸透を聞きたい。国民の身からすれば、未だ満足な福祉とは言えまい」

「は……竜族の抱卵休暇の取得率は97%。由々しきことながら、3%に取得が徹底されていません。改めて制度改善の周知に努めます」

「……結構な心がけだ。魔族の次代を担うのは、子供達なのだからね」

「それよりも、人間勢力の動きですが。いかがいたしますか」

テンマは破竹の勢いで魔族を掌握し、来るべき大戦争への準備を整えつつあった。

「人間をこの地上から一掃することが我々の悲願。各地の軍団長達も、テンマ様の開戦のご指示を今か今かと待っております」

「まだ我々が攻め込むことはない……と、純岡（すみおか）シトは信じているはずだな」

「ならば我々は、その裏をかいて攻め込むということですね？」

「そうではない」

世界救済と同時に、人間の勢力をこの世界から一掃する。それは、鬼束（おにづか）テンマがアンチクトンとして戦う限り確定していることだ。

　しかしそれは、この時点からさらに五年……あるいは十年がかりの計画になるだろう。

「軍団長達には私自ら、今後の長期計画について説明しておこう。我々は必ず勝利する。それも、無意味な犠牲を払うことなく。それでこそ、魔族の完全な勝利と言えるだろう」

「さすがは、魔王様……！」

　テンマは両目を閉じる。

（純岡シト。大した胆力だ）

　今、純岡シトが何を考えているのかが分かる。絶対強者である彼は、恐るべき強敵を前にしてこそ必要となる、勝負の思考を楽しんでいた。

（純岡シトは……魔族の侵攻に無防備を貫くことで、却って私の動きを誘っている。『成長する』最適解が最初から分かっている戦いに、『討ち取る』という迷いを作り出そうとしている……。だが、私は動くことはない）

　純岡シトの大胆すぎる戦略の前提には、恐らくは第一回戦の銅ルキ戦があるはずだ。

　膠着状態を有利と見たルキは、シトが裏から仕掛けていた内政の搦手に気付くことができず、結果としてDメモリ使いの弱点を掻い潜られて負けた。

（銅との戦いの結果を受けて、この私も膠着を恐れる——と、シトは考えているはずだ）

　シトが搦手を仕掛けていることを疑い、自らの陣営を探り始めるのだと。迷いはＩＰ獲得効率を下げ、ＩＰの差は最終決戦において大きく影響する。

敵はそのようにテンマを誘導している。

別の側近が声を上げた。強硬派のリザードマンである。

「魔王様……しかし人間は時とともに勢力を伸ばし、サル同然ながら文明まで身につけております。我々の社会は魔王様のお導きによって既に盤石。今のうちに叩いた方がよろしいかと思われますが」

「君は……魔族の可能性を信じていないかね？」

「！」

魔族は人間と比べて可能性の少ない種族である。それは紛れもない事実だ。

だが、ないわけではない。

事実……鬼束テンマは数限りない世界の魔族達の文明を、人間と遜色ないほどに……それ以上に発展させることができた。

それが、彼の転生スタイルである。

「人間は成長する。だが、文明の力に関して言えば、私が生まれるまで獣の群れに過ぎなかった魔族の方が、人間よりも遥かに伸び代は多い。私と、純岡シト。全ての森羅精霊を倒し、最終目標……天声霊アーズを撃破するためには、互いが持つ全ての戦力が必要だ。その然るべき事業の完了と同時に人間を滅ぼせるように、私は君達を指揮している」

「魔王様……その時には、もっと……今よりももっと、我々が強くなると……」

「そうだ。確信している」

鬼束(おにづか)テンマは、自らが最強であることを最初から知っている。その自信は異世界の召使(オプション)達にも伝播する。そして魔族という種全体にも。彼らは強くなる。

魔王たる鬼束(おにづか)テンマが最強であるから。

「私は揺らがない」

異世界全日本大会準決勝。シトとテンマは互いに互いを出し抜こうとしながら、それでも相互を信頼している。たとえ相容れぬ信念の持ち主であろうと、転生(ドライブ)に人生を賭ける転生者(ドライバー)だからこそ、ごく僅かに重なり合う、共感可能な領域が存在する。

「この盤面。勝負を動かすべき時は最後の決戦の瞬間だ……君もそうだろう。純岡(すみおか)シト！」

＃

観戦席の剣(つるぎ)タツヤと大葉(おおば)ルドウは、間に一つの席を空けて座っている。星原(ほしはら)サキが席を外した分のスペースには、巨大なポップコーン容器が置かれていた。

「なあルドウ」

そのポップコーンを掴みつつ、タツヤが口を開いた。

「二人のシークレット、予想できてんのかよ？」

「あァ？　ンなこと言われても、今のところ予測できるような動きは何もねェだろ。【絶対探知（フラグサーチ）】でイベントを探して、速攻で回収する。【超絶成長（ハイパーグロウス）】のために、どんな経験点も逃さず獲得する。どっちもセオリー通りの転生（ドライブ）をしてるだけだ……ストイック過ぎるくらいにな。C（チート）スキルのコンボを使う素振りすらねェ」

「ああ。もしシークレットが【弱小技能（ウルトラレア）】なら、とっくに【弱小技能（ウルトラレア）】のボーナススキルを育てていなきゃおかしいよな……まさかシークレットって【超絶知識（ハイパーナレッジ）】か？　それで自動車とか印刷工場を作ったとかさ」

「ケッ、バカが。このレギュレーションで文明発展にメモリ枠を割く意味なんざねえだろうが。あの程度の技術チートは、あいつらの素の知識だろ。同じ異世界転生（エグゾドライブ）バカでも、テメーとはおつむの出来が違うんだよ。……逆に言や、内政があの程度に留まってるってことは、シークレットはあくまで戦闘用のC（チート）メモリってことになる」

高難易度のレギュレーションでも相対的に変わらぬ効果が期待でき、発動まで効果が見えず、そして戦闘を補助可能なC（チート）スキルである。これらの条件を満たすC（チート）メモリは【後付設定（サプライズ）】であろう。しかしこれは、既にシトのオープンスロットにある。本来ならばシークレットに隠して最後の奇襲を仕掛けるためのC（チート）メモリだ。

その【後付設定（サプライズ）】をオープンスロットに配置してまで、純岡（すみおか）シトはシークレットにどのC（チート）メモリを選択しているのか。

「……俺なら、一か八かの賭けも含めて【弱小技能（ウルトラレア）】を使ったはずだ。だけど【弱小技能（ウルトラレア）】なら観客席の俺らからは絶対に分かる。特定の種類のスキルだけを連発する転生（ドライブ）スタイルになるはずだからな。つまり純岡（すみおか）は、【弱小技能（ウルトラレア）】を差し置いて何かをデッキに入れた」

「シトも分からねえが、鬼束（おにづか）の野郎も不気味だぜ……！」

タツヤの見る限り、様々に策を弄し敵の戦略の脆弱性（ぜいじゃくせい）を突いてきたシトとは、まさしく正反対の転生（ドライブ）スタイルである。

ＩＰ獲得条件を変更するだけの【魔王転生（ダークネス・ドライブ）】をはじめとした純然たる実力勝負で挑み、敵対者を正面から蹂躙する横綱相撲。ならば、その男がシークレットに選ぶメモリは。

「鬼束（おにづか）は強い……強さに自信を持ってる……！　俺の勘が正しいなら、最後まで正面突破で来るはずなんだ……！　だが、本当にそうなのか……？　シトは本当に、あの野郎の強さの源を読みきれてるのかよ……!?」

＃

純岡（すみおか）シト　IP27,880,731,639　冒険者ランクＳＳＳＳ

オープンスロット：【超絶成長（ハイパーグロウス）】【絶対探知（フラグサーチ）】【後付設定（サプライズ）】
シークレットスロット：【？？？】
保有スキル：〈無限剣ＳＳＳＳＳ＋〉〈刹那拳ＳＳＳＳＳ〉〈空間跳躍ＳＳＳＳ〉〈戦術予報ＳＳＳ〉〈確全反応Ｓ〉〈反撃無効ＳＳ〉〈能力吸収ＳＳ〉〈体力無限Ａ〉〈万里眼ＳＳ〉〈工学Ｓ〉〈経済学Ｓ〉〈完全言語ＳＳ〉〈完全鑑定ＳＳ〉〈永続経営Ｓ〉〈鳳凰術ＳＳＳ＋〉〈海龍術ＳＳ＋〉他25種

鬼束（おにづか）テンマ　IP29,951,643,002　冒険者ランクＳＳＳＳ
オープンスロット：【超絶成長（ハイパーグロウス）】【絶対探知（フラグサーチ）】【魔王転生（ダークネス・ドライブ）】
シークレットスロット：【？？？】
保有スキル：〈滅殺波動ＳＳＳＳＳ〉〈咬駕門ＳＳＳＳＳ＋〉〈焦土の魔眼ＳＳＳ〉〈究極肉体ＳＳＳＳ＋〉〈多重次元知覚ＳＳＳ〉〈絶速飛行ＳＳ〉〈時間停止Ｓ〉〈無尽の魂ＳＳＳＳ＋〉〈政治学ＳＳ〉〈カリスマＳＳＳ〉〈完全言語ＳＳ〉〈完全鑑定Ｓ－〉〈全方術Ｓ〉他26種

23.

[redacted]

大地が融(と)けている。煮えたぎる地獄の釜のように地殻が泡立って、ありとあらゆる人工物は消滅してしまっている。

ここは異世界ではない。都内の高級住宅地だ。

数え切れない人命が、ニャルゾウィグジイィの戦闘余波だけで無慈悲に蒸発してしまった。

ごく普通の大学生らしき金髪の青年に見える。だが彼は、【異界肉体(CODE0010)】というC(チート)メモリ一つだけで、エル・ディレクスの戦闘能力を完全に圧倒した。体には掠(かす)り傷(きず)一つない。

火山の火口のような大地の中心には、WRA会長エル・ディレクスが倒れていた。最初からこの結果も分かりきっていたことだ。

「……ったく。下手なことして目立ちたくないんだけどなぁ」

さらに……この世界を脅かす転生者(ドライバー)は一人だけではなかった。彼の傍らに、華美なゴシックロリータ姿の少女が現れた。

「なに手こずってんの。ニャルゾウィグジイィ」

「あ、ヨグォノメースクュア？　なんか、邪魔な奴が来て。お前が帰ってくるまでに片付けとくつもりだったんだけどさ」

「この辺、住めなくなっちゃったけど」

「別に新しいところ探せばいいだろ。次は国ごと支配したっていい」

人類未曾有の、悪夢の如き大災害だ。

それでもエル・ディレクスの〈情報統制ＳＳＳ〉の影響下にあっては、これが報道の電波に乗ることはないだろう……少なくとも、あと二時間ほどは。

「ってわけで、そろそろ諦めてほしいんだけど」

「……」

エルは沈黙している。

一発一発が地形を破壊するほどの打撃を、どれほど受けたのか分からない。

「なに？　もう死んじゃった？」

「……」

「そんなことないだろ？　転生者(ドライバー)は死んだら元の世界に戻るんだからさあ」

「ウン。もうちょっと痛めつけていいと思う」

Ｃメモリ(チート)にはＣメモリ(チート)以外の手段で対抗することはできない。

それでもエル・ディレクスだけが、この世界で唯一、外の世界からの転生者(ドライバー)に対抗し得る存在だった——もはやその可能性すら失われた。

「はははは！　ま、そんなに落ち込まなくていいよ。この街のことなんて大した問題じゃない。これから世界滅ぼしちゃうわけだし？」

「ドライブリンカーがあったのだけ、びっくりしたよね。この世界」

「異世界転生(エグゾドライブ)がゲーム？　くだらないよな、まったく！　あんたみたいな転生者(ドライバー)に下手に勘付かれるのもウザいから、せっかくの【異界王権(CODE0032)】が使えなかった。嫌な思いもさせられたし……なんか大会やってるんだっけ？」

「ネオ国立異世界競技場でしょ。テレビで散々宣伝してたから。うるさかった」

ヨグォノメースクュアは、東の方角を見た。その方向には、全日本大会が行われているネオ国立異世界競技場がある。

エルは呻いた。

「やめ……！」

「あ、生きてる。やっちゃえ」

「ウン」

黒い少女は、眉一つ動かさずにCメモリ(チート)を起動する。【異界災厄(CODE5133)】。

空に忽然(こつぜん)と現れた巨大隕石(きょだいいんせき)が、ネオ国立異世界競技場に影を落とした。

◆

時刻は遡る。ネオ国立異世界競技場——異世界全日本大会準決勝戦。

純岡（すみおか）シトと鬼束（おにづか）テンマの試合が巨大なディスプレイに映し出されている。

「二十八年……！」

ステータス表示を見る黒木田（くろきだ）レイの声は、細い悲鳴にも似ていた。

彼女が見ているものは、果てしなきインフレを遂げた対戦両者のスキルランクではなく、むしろ画面右下の転生（ドライブ）経過時間だ。

「……た、確かに……こんな攻略タイム、全然見たことないかも」

隣の席に座る星原（ほしはら）サキも冷や汗を流す。何も知らない彼女にも、会場の空気越しに二人が繰り広げている転生（ドライブ）の壮絶さは伝わっている。

「……タイムそのものの問題じゃないんだ。試合が膠着状態に陥った時……特に世界救済難度S以上のレギュレーションなら、二十八年以上の長期戦は全然珍しくない……！　信じられないのは、シト……鬼束（おにづか）……二人ともが、**一度も戦力をぶつけあうことなく**二十八年も経過していることなんだ……」

「異世界のボスを倒す時に一度もはち合わせてないのも、偶然じゃないってこと……？　二人とも、こんな展開を打ち合わせてなんていない、敵同士のはずなのに……！」

これは意図的な冷戦状態なのだ。両者がともにＩＰ獲得を目的に転生(ドライブ)を進行している限り、その獲得イベントは必然的に重なり合う。二十八年もの間その状況が続くということは、確率的に起こり得ない状況なのだから。

両者が【絶対探知(フラグサーチ)】を構えているからこそ、それができる。互いが互いに一切干渉することのない、それ故に何よりも明瞭に互いを意識していなければ不可能な盤面――

「黒木田(くろきだ)さん……もう、クリアは近いよね……！」

「普通なら、『単純暴力Ｓ＋』の攻略にはもっと時間がかかる……けれどシトと鬼束(おにづか)は、事実上の協力救済(タッグプレイ)をしているみたいなものだ。お互いに一度も妨害を行わなかった……今の合計戦力は、きっと最後の敵に届く！」

超世界ディスプレイの中で繰り広げられる戦いを見つめながら、サキは一つの感慨を抱いていた。それは何もかも異なる状況であるはずなのに。

（同じだ……）

きっと、それは共感や友情ではない――それでもなお、両者が日本最強クラスの転生者(ドライバー)であるからこそ、導き出す解は一つに収束する！

（タツヤと純岡(すみおか)クンが戦った時と、同じだ！）

＃

転生開始から二十八年。純岡（すみおか）シトは戦っている。

——音も、光すらも尋常の空間とは異なる、闇である。

だが、その混沌（こんとん）の中でもシトは敵の気配を察知し、呟く。

「……二体か」

人ならぬ声が響いた。

「人の子シト。ここに足を踏み入れた時点で、貴方（あなた）は既に命を落としました。命なきものが進むことはできません——」

「悪シキ、魂ヘノ、救済デアル」

シトは今、最終目標たる天声霊アーズの支配空間へと至る道を進んでいる。それがこの闇の領域だ。物理的には惑星内核までの距離に過ぎないが、その地点への到達は次元の壁を破る以上に困難である。障害となる森羅精霊は二体。

死と熱を司（つかさど）るヨルヘギアは真に無限の温度によって終末をもたらし、遍く実体に死の概念を直接与える最強の守護者である。

時と音を司るメーテ・イフの存在地点は創世の時より拡張を続ける宇宙領域の境界面であり、

知性の根幹たる自我を崩壊させる歌に耐えうる意識体は存在しない。

――極限にまで成長した転生者でない限りは。

「救済。救済ノ炎ヲ受ケヨ」

「即死属性のみが、多少厄介ではある」

あらゆる幾何学が曖昧になった灰色の道を、純岡シトは征く。彼は、熱の果ての終焉を体現するヨルヘギアが齎す死の只中を生存している。現在気温は摂氏数兆度。

「稀だが、転生体の習得適性次第ではどれだけ経験点を取得しても〈不死〉までしかスキル成長できない場合がある――」

シトは構えた。極限の成長段階に達した転生者の戦闘スキルには、どのような不壊の武器であれ耐えられはしない。……だが、それでも一つだけ使用可能な武器がある。

陽炎のように立ちはだかる大幻影、ヨルヘギアに向けてシトは構え……

「ギャアアアアーッ!!?」

――絶叫を響かせたのは、宇宙の彼方に存在するメーテ・イフ！

現世に姿を見せることなく敵対者の精神を一方的に破壊してきた森羅精霊は、矮小な人間の左ジャブで観測不能領域へと散乱した。拳である！

これこそがシトの超遠距離攻撃スキルの一端、〈妙有の突破SSSSSSSSSSSSSSS〉〈常時攻撃判定SSSSSSSSSSSS〉の暴力！

「この期に及んで『距離』は防御の用には立たん。〈遠距離攻撃〉の単純な延長スキルで攻略可能だ。そして、残る貴様は」

「オオオオオ！　我らは星の意志の体現！　不滅の存バアァァーッ!?」

言葉を待たず、〈巨大基数無限剣ＳＳＳＳＳＳＳＳＳＳＳＳＳＳ〉が閃く。無限の熱を持つヨルヘギアを最小単位よりも微塵（みじん）に寸断し、永遠に消滅せしめた武器は、この世の何よりも鋭利かつ絶対なる刃……即ちシトの手刀！

「〈完全耐性対抗攻撃対抗耐性対抗攻撃対抗耐性〉。貴様の防御力の正体は、無限の熱量そのもの。熱量死に耐え得る防御スキルさえ保有していれば、生身での撃破に何ら問題はない！」

明らかに一惑星の領分を越えた権能と暴力を行使する森羅精霊の正体など、今のシトには些細な事柄だ。大方、外宇宙から訪れた神や超越者の成れの果てであろう。彼らが襲来したがためにこの異世界は滅亡の危機に瀕し……その危機こそが観測者を、転生者（ドライバー）を必要としている。

（だが、倒せる）

通常の異世界転生（エグゾドライブ）であれば一体一体が最終脅威レベルであろう森羅精霊も、問題はない。

現在のシトにとって敵となり得るのは、二名。世界救済の到達目標である天声霊アーズ。そしてシトと同様に究極の覇道を突き進む転生者（ドライバー）、鬼束（おにづか）テンマのみだ。

（今までの異世界転生（エグゾドライブ）から得られた全てをこの一戦にぶつけた。【基本設定（ベーシック）】の存在を自覚した上で、これまでにないほど最適の転生（ドライブ）ルートを構築できた自負がある……だが、それでも）

ステータス画面を見る。シトの保有ＩＰは、それでもなおテンマには及ばない——恐らくは、スキルランクに関しても同様であろう。

最後の敵のもとへ向かいながら、シトはドライブリンカーを確かめるように握った。今、どれだけ元の現実からかけ離れた存在と化していたとしても、彼が変わらず中学生転生者、純岡シトである証明である。

（これまでの戦いとは違う。俺は奇策の力に頼らず勝たなければならない……！　切り札を切るタイミングは、決めている！）

声が聞こえる。地上の声。

異世界における二十八年の人生でシトが関わってきた、人類の声だ。

「シト様……シト様！　どうか私達に、ただ一目の平和を！」

「やっちまってくれよ！　神だかなんだか知らねーけど……今のアンタにブン殴れない相手はいないさ！」

「社長ーッ！　アンタがいなくなったら、俺がこの会社乗っ取っちまうからな！　絶対に生きて帰ってこいや！」

「無事を祈っています。シトさん……力になれない私達を許して……」

〈莫大認識共有ＳＳＳＳＳＳＳＳＳＳＳＳＳＳ－〉。交渉系最上位スキルの一つである。シトが扱えば、先のメーテ・イフの如き有害知覚を全て遮断した上で、地上の全人類へと最終決戦の光景を中継できる。

「いいや。貴様らは十分以上に、俺の力だ……！　俺の優越性を信じる貴様らこそが俺にＩＰをもたらすッ！　鬼束(おにづか)テンマと、今日この日に決着をつける!!」

「「ワアアアアアーッ!!」」

◆

純岡(すみおか)シト　IP621,989,001,213,798　冒険者ランクＳＳＳＳＳＳＳＳＳＳＳＳＳＳＳＳＳＳＳＳＳＳＳＳＳ
オープンスロット：【超絶成長(ハイパーグロウス)】【絶対探知(フラグサーチ)】【後付設定(サプライズ)】
シークレットスロット：【？？？】
保有スキル：
〈巨大基数無限剣ＳＳＳＳＳＳＳＳＳＳＳＳＳＳＳＳＳ〉
〈根源刹那拳ＳＳＳＳＳＳＳＳＳＳＳＳＳＳＳＳＳＳ＋〉
〈妙有の突破ＳＳＳＳＳＳＳＳＳＳＳＳＳＳＳ〉
〈常時攻撃判定ＳＳＳＳＳＳＳＳＳＳＳＳ〉

〈時間軸隔離SSSSSSSSSSSSSSSS〉
〈完全耐性対抗攻撃対抗耐性対抗攻撃対抗耐性SSSSSSSSSSSSSSSSSS〉
〈異能新造SSSSSSSSSSSSSSSSS＋〉
〈永劫存在(えいごうそんざい)SSSSSSSSSSSSSSSSSS〉
〈莫大認識共有SSSSSSSSSSSSSSS－〉
〈全方術改五SSSSSSSSSSSSSSSSSSSS〉
〈人の巨星SSSSSSSSSSSSSSSSSSSSSS〉
〈完全言語SSSSSSSSS〉〈完全鑑定SSSSSSSSS〉他２３９種

鬼束(おにづか)テンマ　IP695,136,923,666,023　冒険者ランクSSSSSSSSSSSSSSSSS
SSSSSSS

オープンスロット：【超絶成長(ハイパーグロウス)】【絶対探知(フラグサーチ)】【魔王転生(ダークネス・ドライブ)】
シークレットスロット：【？・？・？・？】
保有スキル：
〈終(つい)の拳SSSSSSSSSSSSSSSSSSSSSSSSSSSSSSSSS＋〉

〈混線超即死ＳＳＳＳＳＳＳＳＳＳＳＳＳＳＳＳＳＳＳＳＳＳＳＳＳＳＳＳＳＳＳＳＳ〉
〈久遠の礎ＳＳ＋〉
〈生死相転移ＳＳＳＳＳＳＳＳＳＳＳＳＳＳＳＳＳＳＳＳＳＳＳＳＳＳＳＳＳＳＳＳＳＳ＋〉
〈世界記憶干渉ＳＳＳＳＳＳＳＳＳＳＳＳＳＳＳＳＳＳＳＳＳＳＳＳＳＳＳＳＳＳＳＳＳ〉
〈存在確率操作ＳＳＳＳＳＳＳＳＳＳＳＳＳＳＳＳＳＳＳＳＳＳＳＳＳＳＳＳＳＳＳＳＳＳ〉
〈運命掌握ＳＳＳＳＳＳＳＳＳＳＳＳＳＳＳＳＳＳＳＳＳＳＳＳＳＳＳＳＳＳＳＳＳＳＳ〉
〈時間の二本目の矢ＳＳＳＳＳＳＳＳＳＳＳＳＳＳＳＳＳＳＳＳＳＳＳＳＳＳＳＳＳＳＳＳＳＳＳＳＳ＋〉
〈創造と破壊ＳＳＳＳＳＳＳＳＳＳＳＳＳＳＳＳＳＳ〉
〈全方術改七ＳＳＳＳＳＳＳＳＳＳＳＳＳＳＳＳＳＳＳＳＳＳＳＳ〉
〈魔の現神ＳＳＳＳＳＳＳＳＳＳＳＳＳＳＳＳＳＳＳＳＳＳＳＳＳＳＳＳＳＳ〉
〈完全言語ＳＳＳＳＳＳＳＳＳ〉〈完全鑑定ＳＳＳＳＳＳＳＳＳＳＳＳＳＳＳ＋〉他２１７種

◆

星の深奥。惑星の中心部に当たる地点には、本来あるべきではない、明らかに異様な空間がある。白い光に満たされた立方体の部屋。天声霊アーズの支配領域だ。

「――君も辿り着いたか」

シトと同時にもう一人の転生者（ドライバー）も、この最終決戦の地へと踏み込んでいた。純岡（すみおか）シトとはまた異なる、そして同様に困難な道筋を踏み越えて。

「鬼束（おにづか）テンマ」

シトは顔を上げて、鬼束（おにづか）テンマの姿を見た。

（……強い）

互いに交戦を避け続けてきた彼らがこの世界において直（じか）に相対することは初めてだったが、それでも鬼束（おにづか）テンマが成し遂げた転生（ドライブ）の厚みが、ありありと分かる。

人の成し得る文明教育は、彼がただ一代でその殆（ほとん）どを終えてしまったであろう。魔族の教育を怠ることなく、あらゆる福祉政策に力を注いだはずだ。今や、一部の魔族は外宇宙進出すら計画しているという話を聞いたことがある。

一方、彼らの踏み込んだ部屋の中央には、白い髪を持つ神秘的な青年が座り込んでいる。

第三の人物は笑い、声を発した。

「――やあ。テンマ。シト」

それは少年にして少女。幼子のようであり、老人のようでもある。人の姿を象（かたど）っていることすら、それを見る者の認識の枠組みの故なのかもしれない。

それが、天声霊アーズである。

「僕はずっと待っていたよ。ようやくここまで辿り着いたんだね……」

そのアーズを挟んで、テンマはシトに向かって告げた。

「二十八年。この時を待ち望んだぞ、純岡シト」

「……フン。ならば俺は二十八年と二ヶ月だ。貴様に負けたその時から待ち望んでいた」

「僕がここにいたことに驚いたかい？　そう……君達に助言を与えてきたのは、ここまで導くためさ。君達のような選ばれし者に、人間の真実を知ってほしかった。君達はちっぽけな人間だが……もしかしたら、僕に近い領域に至る権利があるかもしれない」

「純岡シト。やはり君には近しいものを感じる。あるいは君が我々の仲間であれば――とすら思う。もっとも君をアンチクトンに誘う権限など、私にはないのだがな」

「……くだらんことを。俺は貴様らのような罪業を背負うつもりはない」

「ふ……君達は知っているかい？　人類や魔族がこの世界に生まれる前……この星に、どれだけの命が瞬いていたのかを――」

「君の考えを聞こう。星の数ほどの世界が、一分一秒の内にも、無数に滅んでいる。それは厳然たる事実だ。可能性の尽きた世界は、転生者の到来が起こらない限り、必ずそうなる他ない。どの道救いきれぬ世界の内の一つを自らの世界のために喰らうとしても、そこにどれほどの質の差がある」

「……違う。その質は全く違う。ルドウが言っていたことを、今でははっきりと否定できる。俺達転生者（ドライバー）は、決して自然災害などではない。主導権とは、自らの意思でそうすることだ。たとえ貴様らの目的が俺達が生きている世界を守ることであったのだとしても、世界を滅ぼしてしまう責任を個人に背負わせて、そのままで良いはずがない！」

テンマは、ごく微（かす）かに眉を動かした。

彼の心が揺らぐことはない。それでも、何かを愉快に思ったかのようだった。

「面白い。そしてますます興味深いぞ、純岡（すみおか）シト……！　滅び行く世界だけではなく、手を下す私達をも哀れむのか！　ならばその憐憫（れんびん）で、私の血の滾りも鎮めることができるか！」

「愚か者め！　俺は弁論で決着をつけるためにここまで来たわけではない！　異世界転生（エグゾドライブ）の勝負を分けるのは、戦略と構築の力！　絆も、心も……主張の正誤も関係のないこと！　今の俺の目的は、貴様への勝利ただ一つしかない！」

「……」

二人に挟まれた天声霊アーズは微笑んだまま、やや沈黙した。

それから口を開いた。

「――どうやら二人とも、僕の忠告を聞く耳はないみたいだね……それなら、君達ごとこの世界の汚れた種族を消去し……そして新たな世界を始めるとしよう……！」

創世の純白の光を纏いながら、天声霊アーズが浮遊する。10m四方に満たない空間のようにも見えるが、ここは彼の支配する独立した小世界でもあるのだ。

これこそ『単純暴力S＋』の世界脅威！　物理定数、精神運動、ありとあらゆる異能……全ての法則が、アーズの支配下と化す！

「僕は全であり一。始原にして終局――再び無の極点にウッパァアアアアッ!?」

「鬼束（おにづか）アッ!!」

「純岡（すみおか）アーッ!!」

激突！　二人の転生者（ドライバー）の拳が、天声霊アーズの頭蓋を両側から叩き潰した！


シトは、単純なスキルランクではテンマに及ばない。

切り札を切るタイミングは、既に決めている！

「【後付設定（サプライズ）】……！」


〈巨大基数無限剣SSSSSSSSSSSSSSSSS〉は〈本体論的巨大基数無限剣SSSSSSSSSSSSSSSSS〉に！

〈根源刹那拳SSSSSSSSSSSSSSSSSS＋〉は〈根源収斂刹那拳SSSSSSSSSSSSSSSSSS＋〉に！

〈妙有の突破SSSSSSSSSSSSSSS〉は〈真空妙有の突破SSSSSSSSSSS

SSSS〉に！

〈常時攻撃判定SSSSSSSSSSSS〉は〈常時神性貫通攻撃判定SSSSSSSSSSSS〉に！

〈時間軸隔離SSSSSSSSSSSSSSS〉は〈メタ時間軸隔離SSSSSSSSSSSSSSSS〉！

〈完全耐性対抗攻撃対抗耐性対抗攻撃対抗耐性SSSSSSSSSSSSSSSSSS〉は〈超越存在の完全耐性対抗攻撃対抗耐性対抗攻撃対抗耐性SSSSSSSSSSSSSSSSSSS〉！


全てのスキルが天声霊アーズに特効となる！


「この程度か、純岡（すみおか）！　そうではないだろう！」

「ああそうだ！　まだだ！」

殴る。殴る。殴る！

天声霊アーズを間に挟んで、合計四の拳が互いに閃く！

「まだだッ！　鬼束（おにづか）テンマ！」

光すら置き去りにする速度で、異世界最強の二つの力が激突している。

予知、超知覚、事象操作——運命そのものすら含んだ人智及ばぬ読み合いと打撃応酬が、超絶の転生者の間で繰り広げられている！

今……我らが純岡シトは、鬼束テンマに拮抗していた！

「は、ははははははは！　本当に初めてだ……！　こんな……こんな感覚を、味わえる日が来るとは！　正面からの戦いで私に追いすがった転生者は、君が初めてだぞ！　純岡シト！」

「俺は切り札を切った！　貴様も——シークレットを切れ！　鬼束テンマ!!」

惑星消滅級の打撃を無限に叩き込まれながらも、アーズはなお立ち上がろうとした。

「……ふふ。驚いたよ。僕の概念防御を一つ打ち破るとはね。けれど君達人間は、所詮僕達の手で進化しオボォーッ!?」

そのアーズの後頭部がテンマの天文学的な膂力で殴り抜かれている。吹き飛んだ先にはシトの次元切断の貫手がある。時間因果すらも無視して、彼らは次の蹴りを同時に放っている。極限環境の分子運動が正確に一致するように……それは寸分違わぬタイミングで、間に挟まれたアーズの両腕をそれぞれ粉砕した！

「驕るな……!!　シークレットを切るのは、君が先だ、純岡ッ!!」

「ふふふ……まさか人間如きにこの形態を見せることになるとは思わゴオッパ!?」

「俺は、貴様より上だ……！　鬼束!!」

「待っ、ちょっ、ゴボッ、なんだこいつらァーッ!?」

この転生（ドライブ）は確かに協力救済（タッグプレイ）に等しい状況ではあった。

だがしかし、天声霊アーズが巻き込まれた二人の転生者（ドライバー）による破壊の嵐は、これまでの異世界転生（エグゾドライブ）の世界脅威の誰も味わったことのない暴力であったことだろう！


……そして。

鬼束（おにづか）テンマはその極限状況下でなお、冷静に戦局を見定めている。

（純岡（すみおか）シト。君の選択は正しい。君のシークレットが私の予想の通りであれば）

彼が保有する〈完全鑑定〉のスキルランクは、シトを圧倒して高い。

絶対的な無敵を保証された天声霊アーズの体力が、見る間に減っていくのが分かる。この戦いがそのまま推移すれば、テンマが僅差で勝利できるはずだ。

（私は勝てない。――既に君も予想しているはずだ。私と君のデッキ選択は同じ……シークレットは【後付設定（サプライズ）】！　【後付設定（サプライズ）】同士の対決であれば……後付の名の通り、既に変化済みのスキルに特効を取得できる後出し側が絶対有利。故に、ＩＰで上回っている間、私はこの札を切る理由はない。だが）

天声霊アーズの肋骨（ろっこつ）を通じて、シトの拳の感触が伝わる。顔面を蹴り抜いた先、それを互角の力で抑え込むシトの力を感じる。

世界の終焉を告げる永久機関の如く、二人は互いの拳をぶつけ合っている。

（この状況にまで辿り着くことまで、君が計算していたのだとしたら！　私の【後付設定（サプライズ）】で、君のシークレットに勝つことはできない！）

＃

「……【針小棒大（バタフライ）】」

観客席。固唾を呑んで最終決戦を見つめていたタツヤは、ふと呟きを漏らした。

「剣（つるぎ）……そいつは」

彼の直感が導き出した解に、大葉（おおば）ルドウも思わず目を見張った。

【針小棒大（バタフライ）】。まさか。

「ルドウが、シトとの戦いで使った切り札と同じだ……そうだろ……！　シトがこの状況から絶対に勝てる切り札を持っていたとしたなら……もしも、鬼束（おにづか）と同時にラスボスに辿り着くことまでコントロールしていたなら、それしか勝ち筋はない！」

「……そうか、【針小棒大（バタフライ）】……。このままだと、先にラスボスを倒すのは鬼束（おにづか）だ……そうだな。今の純岡（すみおか）がＩＰで逆転するには、これまで【不労所得（パラサイト）】辺りでＩＰを稼いでいたって、明らかに桁が足りねえ……！　自分より格上の敵の功績を目の前で横取りする【針小棒大（バタフライ）】……！　それなら、できる！　ラスボスの撃破ＩＰを奪うことが……」

「【針小棒大(バタフライ)】は、結果を見てからでも使える……鬼束(おにづか)がどんな手段でラスボスを倒そうが関係ねー……！　シトの目の前で勝つってことは、負けることなんだ。この最終戦闘が始まった時点で、シトの勝ちだった！」

「待て、剣(つるぎ)。そもそもの問題として、それは……マジに、できるのか!?」

純岡(すみおか)シト。彼は敵の転生戦略(ドライブ)を完璧に看破した上で、時にギャンブルとも取れる綱渡りの駆け引きを……見る者の裏を掻(か)く戦術を躊躇(ちゅうちょ)なく実行し、鮮やかな勝利を掴んできた。

だが、この全日本大会準決勝……『単純暴力Ｓ＋』のレギュレーションにあっても、あの鬼(おに)束(づか)テンマほどの転生者(ドライバー)と拮抗しながら、両者が最終決戦に到達するタイミングまでも手の内に収めるほど、戦いの中で成長していたというのか。

　別の可能性はないか。ルドウはタツヤが導き出した答えを検討する。

　他のあらゆるＣメモリ(チート)を考慮しても……やはり、【針小棒大(バタフライ)】。それしかない。

「……直接攻撃(ダイレクトアタック)の可能性はないのか!?　鬼束(おにづか)のシークレットが順当に【後付設定(サプライズ)】だったとするぞ……！　この戦闘中、ラスボスを無視して純岡(すみおか)を攻撃する可能性はねェのか!?」

「いいや……できない！　シトには〈完全耐性対抗攻撃対抗耐性対抗攻撃対抗耐性〉がある！　鬼束(おにづか)のスキルでもすぐには体力を削りきれないだろ……！　【後付設定(サプライズ)】でスキルを変化させてシトの防御を貫通させたなら、本命のラスボスと戦えるスキルがなくなっちまう！　フリーになったラスボスが横から殴ってくる！」

「……っ、純岡は、そこまで計算してやがったっていうのか⁉　自分の転生体の防御スキルの成長適性がそこまであることに賭けてたのか⁉」

仮にそうなら、まさしく強運をも味方につけた、最強の転生者であるに違いない。

そして全ての状況がこの勝ち筋を示している以上、信じる他にない。

「あ、あり得ねェ……」

純岡シトのシークレットメモリは、【針小棒大】。

＃

異世界の地上で、誰かが声を発した。

「……頑張れ……」

シトとテンマが決戦に向かった先――地殻に開いた巨大な穴を囲むように集った、人間と魔族。その誰かが呟いた言葉だった。

長きにわたり敵対を続けてきた彼らは、その指導者が雌雄を決しつつある今こそ、種族存亡の争いの戦端を開くべきであった。他ならぬその目的のために集ったはずだった。

それでも誰一人として、剣を構える者はいなかった。

彼らの主が、この世界を脅かした真の宿敵――天声霊アーズへと挑む、この世界の命運を分ける最後の決戦を見守っていた。

信仰も教育も与えられていなかったはずの魔族達が、祈りに似た言葉を発している。口々に。

「勝ってください、テンマ様……！」

「テンマ様!!　皆、信じております！　貴方が救ってきた誰もが!!」

「テンマ様……！　どうか無事で!!」

「――俺達もだッ!!」

そんな祈りに割って入った叫びがあった。

人間の声である。

「俺達もシト様に救われてきたんだ！　忘れたのか！　たとえ小さな声だとしても、祈れ!!

我らが生きていることこそが、シト様の成した功績だと示せ!!」

「おおおおおッ!!!」

「シト様!!　頑張れ、シト様!!」

「テンマ様ーッ!!」

「貴方の築いた文明の光を、絶やしはしませんぞ!!」

「シト様!!」

「テンマ様!!　勝って!!」

軍勢の胸にあるのは敵意ではなく、大いなる敬意であった。

人が、魔族が、〈莫大認識共有ＳＳＳＳＳＳＳＳＳＳＳＳＳＳＳＳＳＳＳＳ－〉の力で同じく極限の決戦の光景を共有し、彼らにＩＰを送っている。現地の者へと示した優越性。鮮烈なる英雄の指標。それが転生者(ドライバー)の力である！

◆

どれほど戦い続けているのだろうか。数十年。あるいは数百年かもしれない。

「ハア……ハア、鬼束(おにづか)……‼」

時間の感覚は既にない――そのような枷(かせ)をとうに外れた超越者二人に、時間軸など意味を持たない。彼らは地上とは異なる時空で戦っている。

しかし人としての存在の延長として、シトもテンマも、果てしなく殴り合った後の如き感覚を抱いている。究極の防御を貫いたダメージは決して少なくなく、シトの拳からは形而上(けいじじょう)血液が雫となって流れた。

「……分かるだろう。あと一撃。それで天声霊アーズは死ぬ。この転生(ドライブ)は決着だ。……純岡(すみおか)シト。君のシークレットを開放するといい」

概念めいた死闘を制したのは、やはり最後まで鬼束(おにづか)テンマだった。

……次の一撃が決着となる。最後の一手で、テンマの拳はシトよりも早く天声霊アーズを撃ち抜く。

そして、シトがシークレットスロットを発動するのだろう。

負ければ、そのまま敗北する。勝てば、【針小棒大（バタフライ）】がIPを強奪する。

とうに敗北を悟っていながら、それでもなお揺らぐことはない。

王者の佇まいのまま、テンマは自らのシークレットスロットを開放した。

「見ての通り、私のシークレットは【後付設定（サプライズ）】。スキル変化による対応力を選んだ。私への直接攻撃（ダイレクトアタック）、【弱小技能（ウルトラレア）】、あるいは銅（あかがね）に仕掛けたような内政戦術……その全てに対処可能なCメモリ（チート）だった。君も、きっと同じ考えだったのだろうな」

「……」

「私は自分自身の力でここまで辿り着き、君を圧倒した。この【後付設定（サプライズ）】を乗り越えるCメモリ（チート）がそのシークレットスロットに存在しなければ……そこで、君の敗北が確定するということだ。純岡（すみおか）シト」

シトは目を閉じた。【針小棒大（バタフライ）】を出せ。鬼束（おにづか）テンマはそう告げている。

最弱のCメモリ（チート）が、最強の転生者（ドライバー）を下す。

そのようなことがあったのなら、真に鮮やかな逆転勝利なのであろう。

「……鬼束（おにづか）テンマ。貴様は最強だ。だが、負けたことがないわけではない」

最強とは、何なのだろう。

異世界において強さの果てを極めるたびに、それを考えずにはいられない。

純岡（すみおか）シトは常に、異世界では最強だ。けれど、練習試合では大葉（おおば）ルドウに。あの予選トーナメントで鬼束（おにづか）テンマに。それ以前にも外江（とのえ）ハヅキに。彼は幾度も敗北してきた。

外江（とのえ）ハヅキも、鬼束（おにづか）テンマに負けた。それでも彼女は関東最強のままでいることだろう。これからも変わらずに。

そして鬼束（おにづか）テンマですらも、全ての異世界転生（エグゾドライブ）に勝利してきたわけではない。

「黒木田（くろきだ）レイは貴様に勝ち越しながら、貴様を最強の指標として比較の引き合いに出した。貴様は敗北に折れることなく——なお最強のまま、この場まで到達している」

「……？　何が言いたい」

「ずっと考えていた。どうすれば真に貴様に勝てるのかを。第二回戦……黒木田（くろきだ）の選択次第では、俺はとうに負けていたはずだ。だからこそ、この手に賭けてもいいと思えた……以前の俺なら、考えられなかった賭けだ——」

「そうか、純岡（すみおか）シト。君の真意を聞こう……」

「シャアアアアアァァァッ!!」

テンマが返そうとした言葉に割り込むように、怪物がそこに生まれる！

先程までの姿が見る影もなくおぞましく変貌し、触手の集合体めいた醜悪な肥大肉体を露にした……天声霊アーズ終焉究極形態である!!

「知ったことかァ!!　ゴチャゴチャと、この我を差し置いてッ!!!　事象の彼方に吹き飛べ侵略者ども!!　貴様らも、貴様らの民も、この惑星も!!　我を不快にする一切合切、もはや必要ないわ!!!」

絶対滅殺の虚無が、アーズを中心として爆発!

今。この瞬間こそが決着の契機だと、両者が理解した。

虚無の爆発を掻い潜って、二つの転生者(ドライバー)は閃光(せんこう)のごとく交錯する!

「――【針小棒大(バタフライ)】だと思うか」

テンマと同時に拳を振りかぶりながら、純岡(すみおか)シトは叫んだ。

「俺のシークレットが、【針小棒大(バタフライ)】だと思うか!!　格上のＩＰを奪い取る、そのＣ(チート)メモリだと信じたか!!　ならばそれこそが……貴様の強さの根源だ!!」

ＩＰにおいても攻撃力においても、テンマはシトを上回っている。

それは確かな事実であったはずだ。テンマの優位性の、何よりも確かな証明。

決着の一撃を放つ寸前。

シトはシークレットスロットを開放した。

「鬼束(おにづか)テンマ――貴様は、格上ではない!!」

「……ッ、……バカな……!!?」

「俺の、勝ちだ!!!」

テンマは恐れた。動揺のままに【後付設定(サプライズ)】を発動した。

そして最後の一撃が――。

◆

純岡(すみおか)シト　IP621,989,001,213,798　冒険者ランクSSSSSSSSSSSSSSSSSSSSSSSSS

オープンスロット：【超絶成長(ハイパーグロウス)】【絶対探知(フラグサーチ)】【後付設定(サプライズ)】

シークレットスロット：【なし】

保有スキル：

〈本体論的巨大基数無限剣SSSSSSSSSSSSSSSSS〉

〈根源収斂刹那拳SSSSSSSSSSSSSSSSS＋〉

〈真空妙有の突破SSSSSSSSSSSSSS〉

〈常時神性貫通攻撃判定SSSSSSSSSSS〉

〈メタ時間軸隔離SSSSSSSSSSSSSSS〉

〈超越存在の完全耐性対抗攻撃対抗耐性対抗攻撃対抗耐性SSSSSSSSSSSSSSSS

ＳＳ〉
〈異能新造ＳＳＳＳＳＳＳＳＳＳＳＳＳＳＳＳ＋〉
〈永劫存在ＳＳＳＳＳＳＳＳＳＳＳＳＳＳＳＳＳ〉
〈莫大認識共有ＳＳＳＳＳＳＳＳＳＳＳＳＳＳ－〉
〈全方術改五ＳＳＳＳＳＳＳＳＳＳＳＳＳＳＳＳＳＳＳ〉
〈人の巨星ＳＳＳＳＳＳＳＳＳＳＳＳＳＳＳＳＳＳＳＳＳ〉
〈完全言語ＳＳＳＳＳＳＳＳＳ〉〈完全鑑定ＳＳＳＳＳＳＳＳＳ〉他２３９種

＃

「……」

「……おい」

観客席は静まり返っていた。

天声霊アーズは撃破された。救済完了。全て、表示されている。

けれど剣(つるぎ)タツヤも、大葉(おおば)ルドウも、今の瞬間に何が起こったのかを理解できなかった。

「……何が起こっている。なんでだ」

「……」

「どうして、IPが純岡の方に入っている……」

両者の一撃は同時であったはずだ。同時の攻撃で、天声霊アーズは撃破された。ならば獲得IPは等しいはずだ。同時に、等しい偉業を成し遂げたのだから。

「……分からねえ……でも、分かる……」

ただ、タツヤだけが、その不明瞭な感覚を言語化することができた。

IP。転生者の力の根源は優位性であり、主導権である。故に。

「鬼束の方が……負けたように見えたから……。心か、拳の速さか……それとも、最後の一瞬【後付設定】を発動したぶんか……どれかは分からねえけど……！　シトに遅れたんだ……鬼束は、初めて……。異世界の連中の全員が、そう感じたんだ……」

ルドウは、呆然と呟く。

「鬼束と同じだった……」

そうだ。シトはずっとテンマと同じだったのだ。

テンマと同じように、たった三つのCメモリだけで、壮絶な転生を戦ってきた。

テンマを支えていた優越性を打ち砕いたのは、Cスキルではない、その単純な一つの事実だった。純岡シトも自分と同じように……Cメモリに頼らぬ実力でここまで辿り着いたのだと、最後に知ってしまったから。

「鬼束の強さは、Cメモリを使わないことそのものだった。奴の自信を支えていた現実のイニ、シアチブを、純岡は取り返しやがったのか……最後の最後で……！」

「シトが俺に相談したのは、このことだったんだ。あいつが欲しかったのは、奴に本当に勝つ方法だった……本当の意味で、シトは勝負していた」

――あるいはそれが、ただ自分を不利にするしかない手段であったとしても。

「シトは、勝った」

＃

純岡シト　IP621,989,001,213,798（＋182,532,111,965,421）

冒険者ランクSSSSSSSSSSSSSSSSSSSSSSSSS

オープンスロット：【超絶成長】【絶対探知】【後付設定】

シークレットスロット：【なし】

保有スキル：

〈本体論的巨大基数無限剣SSSSSSSSSSSSSSSSS〉

〈根源収斂剣那拳SSSSSSSSSSSSSSSSS＋〉

〈真空妙有の突破ＳＳＳＳＳＳＳＳＳＳＳＳＳＳＳ〉
〈常時神性貫通攻撃判定ＳＳＳＳＳＳＳＳＳＳＳＳ〉
〈メタ時間軸隔離ＳＳＳＳＳＳＳＳＳＳＳＳＳＳＳＳ〉
〈超越存在の完全耐性対抗攻撃対抗耐性対抗攻撃対抗耐性ＳＳＳＳＳＳＳＳＳＳＳＳＳＳＳＳ
ＳＳ〉
〈異能新造ＳＳＳＳＳＳＳＳＳＳＳＳＳＳＳＳＳ＋〉
〈永劫存在ＳＳＳＳＳＳＳＳＳＳＳＳＳＳＳＳＳＳ〉
〈莫大認識共有ＳＳＳＳＳＳＳＳＳＳＳＳＳＳＳ－〉
〈全方術改五ＳＳＳＳＳＳＳＳＳＳＳＳＳＳＳＳＳＳＳＳ〉
〈人の巨星ＳＳＳＳＳＳＳＳＳＳＳＳＳＳＳＳＳＳＳＳＳＳ〉
〈完全言語ＳＳＳＳＳＳＳＳＳ〉〈完全鑑定ＳＳＳＳＳＳＳＳＳ〉他２３９種

鬼束(おにづか)テンマ　IP695,136,923,666,023（＋4,968,501,212,714）
冒険者ランクＳＳＳＳＳＳＳＳＳＳＳＳＳＳＳＳＳＳＳＳＳＳＳＳＳ
オープンスロット：【超絶成長(ハイパーグロウス)】【絶対探知(フラグサーチ)】【魔王転生(ダークネス・ドライブ)】

シークレットスロット：【後付設定（サプライズ）】
保有スキル：
〈終の拳ＳＳＳＳＳＳＳＳＳＳＳＳＳＳＳＳＳＳＳＳＳＳＳＳＳＳＳＳＳＳ＋〉
〈混線超即死ＳＳＳＳＳＳＳＳＳＳＳＳＳＳＳＳＳＳＳＳＳＳＳＳＳＳ〉
〈久遠の礎ＳＳ＋〉
〈生死相転移ＳＳＳＳＳＳＳＳＳＳＳＳＳＳＳＳＳＳＳＳＳＳＳＳＳＳＳＳＳＳＳＳＳＳ＋〉
〈世界記憶干渉ＳＳＳＳＳＳＳＳＳＳＳＳＳＳＳＳＳＳＳＳＳＳＳＳＳＳＳＳＳＳＳＳＳ〉
〈存在率操作ＳＳＳＳＳＳＳＳＳＳＳＳＳＳＳＳＳＳＳＳＳＳＳＳＳＳＳＳＳＳＳＳＳＳ〉
〈運命掌握ＳＳＳＳＳＳＳＳＳＳＳＳＳＳＳＳＳＳＳＳＳＳＳＳＳＳＳＳＳＳＳＳＳＳＳ〉
〈時間の二本目の矢ＳＳＳＳＳＳＳＳＳＳＳＳＳＳＳＳＳＳＳＳＳＳＳＳＳＳＳＳＳＳＳＳＳＳＳＳＳ＋〉
〈創造と破壊ＳＳＳＳＳＳＳＳＳＳＳＳＳＳＳＳＳＳ〉
〈全方術改七ＳＳＳＳＳＳＳＳＳＳＳＳＳＳＳＳＳＳＳＳＳＳＳＳ〉
〈魔の現神ＳＳＳＳＳＳＳＳＳＳＳＳＳＳＳＳＳＳＳＳＳＳＳＳＳＳＳＳＳＳ〉
〈完全言語ＳＳＳＳＳＳＳＳＳ〉〈完全鑑定ＳＳＳＳＳＳＳＳＳＳＳＳＳＳＳ＋〉他２１７種

◆

「……フ、フフフフフ」

世界送還の光の走査線に包まれながら、鬼束(おにづか)テンマは膝を突いた。

たった今失ったものは、テンマ自身も自覚せずにいた、彼を支える強みだった。

「最初から……何もかも、対等な条件だったのか……。まさか空白のシークレットで、ここまで辿り着くとはな……純岡(すみおか)シト……」

「……だからこそだ。空白だったからこそ、俺には横道に迷う余裕はなかった。最後の切り札がない俺は、常に必死に転生(ドライブ)に臨むしかなかった。攻略タイミングを計算し……同時に辿り着いた最終局面で、【針小棒大(バタフライ)】で最後のＩＰを強奪できるようにする。貴様ほどの転生者(ドライバー)と戦いながら、そこまでコントロールする余裕などあるはずがない」

「フフフ……そうか。そうだったか」

「空白のシークレットでなければ、俺はそもそもここまで到達できなかった。それだけだ……それだけが、事実だ」

「ハハハハハハハハハ！」

シトは勝利を誇る様子もなかったが、テンマは笑っている。

彼にとって、それは決定的な変化だった。

「負けた！　この私が……本当に負けたのだな！　これが、そうか……私の知らなかった、本当の敗北の味か！　そうか……そうか、これが……」

「……最後に貴様を上回ることができたのは……偶然だ。偶然の際の、勝負の揺らぎだ。貴様は真に強い転生者だった。思想は相容れなくとも、俺は……敬意を表する」

「……ああ」

天を――地上を仰いで、テンマは呟く。残してきた魔族の民を思った。

「ここから先の世界は、どうなるのだろうな」

「……知ったことではない。俺達は、世界救済のためにできることは何もかもした。俺達が消えた後に戦いを始めようと……あるいは種族が共存することになろうと。それは奴ら自身の選択だ。転生者の役割は、これで終わりなのだからな」

「――純岡シト。この転生は、やはり君の勝ちだ。勝負の揺らぎなどではない」

純岡シトと、鬼束テンマ。彼らは決して相容れることはない。

それでも、異世界転生を通して人生を交わすことはできた。

「君との戦いが楽しすぎて……世界を滅ぼす余裕など、まったくなかったよ」


ＷＲＡ異世界全日本大会準決勝。

世界脅威レギュレーション『単純暴力Ｓ＋』。
攻略タイムは、28年6日1時間9分59秒。

WRA異世界全日本大会本戦トーナメント　準決勝戦

純岡シトvs鬼束テンマ

世界脅威レギュレーションは『単純暴力Ｓ＋』。WRA異世界全日本大会は中学生限定の大会であるものの、Ｓ＋ランクはプロ転生者と遜色のない高難易度ランクである。ただし異世界転生の試合においては、世界脅威ランクが高いことは必ずしも試合の難易度に比例するわけではないという面白い特色がある。

極めて高難度の世界救済を行う場合、転生者は最優先で世界脅威の攻略に取り掛かる必要があり、対戦相手からの干渉を考慮する必要性が薄れるためだ。例えば単純暴力Ｓ＋では、全てのスロットに自己強化系メモリを搭載するデッキや、あるいは妨害を考慮しないコンボデッキがセオリーとなるだろう。

この試合における純岡シト選手および鬼束テンマ選手のＣメモリ選択もこのセオリーに則ったものであった。この試合における両者のデッキ構成は、シークレットスロットをも考慮すると【超絶成長(ハイパーグロウス)】【絶対探知(フラグサーチ)】【後付設定(サプライズ)】の実に四枠中三枠が一致。よってこの試合について解説すべきポイントは両者の相違点である、残り一本のスロットについてとなるだろう。

鬼束テンマ選手が最後の一枠に使用したのは【魔王転生(ダークネス・ドライブ)】である。通常の転生とは立場の逆転した魔族側の存在として転生を開始できるものの、特定傾向のスキルツリーや魔族社会における権力などのアドバンテージはなく、単体ではごく僅かな優位性しかもたらさないＣメモリである。鬼束テンマ選手は事実上、残り三枠分のＣメモリだけでこの準決勝戦に臨んでいたということになるだろう。

しかし驚くべきことに、対する純岡シト選手の最後の一枠には、Ｃメモリが装填されていなかった。これは試合時の装填ミスや不正規メモリの認識不良などではなく、意図的にシークレットスロットを空白にしたままこの試合を開始したのだという。彼は鬼束テンマ選手に対抗し、まさしく三枠分のみのデッキ構成で鬼束テンマ選手に挑んだのである。

異世界救済に当たって空白のスロットで公式試合に臨んだ例は、WRAの数ある大会の歴史上、この一試合しか存在しない。当然のことながら、空白のスロットで異世界転生に挑むことに一切のメリットはなく、Ｃメモリ不使用の特殊レギュレーションでもない限りそのような転生が行われることはないだろう。

この空白のスロットは、我々転生者が慣れ親しんだIPという力について考えさせてくれる。思うに異世界転生における優位性を決定づけるものは、知的生物だけが持つとされる力――可能性に対する想像力なのではないだろうか。弱者であるはずの者が、強者を打ち倒す時。あるいは種の限界を超えた不可能を成し遂げた時。狭い世界を生きてきた者ほど、人はそこに可能性を見出し、そうして生み出される世界の力がIPとして測定されるのではないだろうか。

仮にそうであるなら、強き者こそが何も持っていないことを示した時、真逆の因果を辿ってIPが発生することすらあるはずなのだ。

純岡シト選手は、空白のシークレットによってこの試合を勝ち進んだ。『なにもないこと』を以て可能性を生み出してみせた純岡シト選手が他の転生者に示したものは、もしかしたら、彼自身が想像するよりも遥かに大きなものであるのかもしれない。

24. 【例外処理】

ＷＲＡ異世界全日本大会は、準決勝までが終了した時点で一日目の日程は終了となる。

勝利を収めた純岡シトは、翌日午前の決勝戦を戦い……その結果を以て、日本最強の中学生転生者が決定するのだ。

壮絶なる激闘を見届けた転生者のうちのいくらかは、余韻に思いを馳せるようにネオ国立異世界競技場に残っていた。

純岡シトも、そうしていた。

「……やったな。シト」

「ああ」

通路に設えられた自動販売機の隣、壁際に並んだ椅子に座る二人の少年がいる。

銀髪の少年は、純岡シト。跳ね気味の髪の小柄な少年は、剣タツヤという。

「やっぱ……すげーよ」

夕暮れの日差しに目を細めるようにして、タツヤは笑っていた。

「さすが、俺のライバルだ」

「……何度も言ったはずだが、貴様とライバルになった覚えなどない」

「ヘッ……そっか。じゃあ俺は、何度もそう思ってるってことだな……」

「フ」

答えるシトの顔にも、普段のような険はない。

静かに目を閉じ、今日の転生(ドライブ)を思い返している。

「なに終わったみたいな雰囲気出してんのよ」

二人へと呼びかける少女がいる。星原(ほしはら)サキ。

凶悪な面相の大葉(おおば)ルドウも、やや不本意な様子で後ろに続いている。

「まだ明日の決勝戦があるんだから。今から対策しておかなきゃでしょ？」

サキは、場内のコンビニで買ったクッキーとジュースをシトとタツヤにそれぞれ投げ渡した。

シトも、彼女の好意に素直に甘んじることにした。

「……黒木田(くろきだ)は？　一緒にいたのではなかったのか」

「まあ……さすがに気まずいと思うし。気持ちの整理がつくまでは、そっとしておいてあげて」

「そうか」

手に持った缶ジュースを見つめる。

純岡(すみおか)シト個人としてのアンチクトンへの因縁は、清算できたように思う。

その上で黒木田（くろきだ）レイがアンチクトンに留まることを選ぶか、あるいはドクター日下部（くさかべ）の言うような人間として生きるか――それは彼女自身が選ぶべきことなのだろう。シトが彼女に望んだことは、異世界転生（エグゾドライブ）で全て伝えたのだから。

「信じられねェよな」

ポケットに両手を入れたまま、ルドウは淡々と呟く。

普段のような冷笑まじりの言葉ではなかった。

「遊びでつるんでた同じ学区のガキが……もう、日本二位サマだ。……もっと遠いと思ってたのにな。どんなに中学最強って持（も）て囃（はや）されてたって、所詮は狭い世界の強さだと思ってた。そいつらに負け続けた俺も……まあ、そんな程度のもんだって思ってたよ」

大葉（おおば）研究所の後継者。幼い頃から神童と称されながら、数多くの壁に最強の座を阻まれ続けてきた転生者（ドライバー）であった。

「……テメーはそうじゃなかったな」

「貴様には負けた」

「クッ、ククク。そうだったな。ククククク」

全日本大会準決勝の勝利を祝う彼らの間には、快哉（かいさい）や笑いだけではなく、どこか道のりを懐かしむような平穏と静寂の空気があった。

……そして、サキは窓の外の光景を見た。

「ねえ、あれ」

夕暮れの太陽とは別に、もう一つの太陽がある。


――異世界からの干渉は一方通行だ。

それがC(チート)スキルである限り。その世界の者は抗(あらが)う術を持たない。

【異界災厄(CODE5133)】。この会場を目掛けて今まさに飛来しつつある、巨大隕石であった。

◆

ネオ異世界国立競技場は、跡形もなく壊滅する――はずだった。

「……は？」

【異界災厄(CODE5133)】発動の直後である。ニャルゾウィグジイィは、自身があり得ない状況に立たされていることを自覚した。

巨大隕石による大壊滅を見届けた直後に、足元に横たわるエル・ディレクスの頭部を蹴り砕くつもりであったが――

今目の前に広がっているのは、何の変哲もない住宅街である。彼一人だけが立っていた。

「なんだこれ」

エル・ディレクスの姿もない。

つい一瞬前まで、溶融するマントルが地表に露出し、あらゆる建造物は微塵に消滅していたはずだ。まるで全てが元に戻ってしまったかのように、高級住宅街が眼前にある。

またしても不可解な状況が起こっている。

「……こんなのばっかりかよ、この世界は！」

ニャルゾウィグジイィは、頭をガシガシと掻いた。

転生先の世界で、ドライブリンカーが既に普及している。別世界からの転生者（ドライバー）、エル・ディレクスがいる。この世界は何もかもがイレギュラーだ。

「ヨグォノメースクュア！　おーい！」

ドライブリンカーを見る。『Y』の名は変わらずにステータス表示にある。

先程まですぐ近くにいたヨグォノメースクュアは消失したわけではなく、ただ距離が離れているだけだと分かった。

ならば、エル・ディレクスもただ消失したというわけではないのか。この状況は。

（……C（チート）メモリか？　一体誰のだ？　どういう効果だ……）

彼らはこちら側の常識を絶する異界のメモリを振るうが、それは彼らの視点から見たWRA製メモリについても同様のことである。

故に、すぐにはその効果に思い至れるものではない……既に目の当たりにしていたC（チート）メモリであったとしても。

(まるで時間が巻き戻っているみたいな——)

ヨグォノメースクュアは別行動を取っており、住宅は破壊されておらず……そして、エルとは未だ遭遇していない。ニャルゾヴィグジイィが記憶を保ったまま巻き戻されたのは、この世界の時間軸だ。彼がデパートでの戦いで苦渋を味わわされたCメモリ(チート)の一つでもある。

【運命拒絶(セーブ&リセット)】。しかしどの転生者(ドライバー)がそれを発動したのだろう?

(他にもいるのか? あの女みたいな奴が……この、世界には!)

端正な顔を歪(ゆが)めて、ニャルゾヴィグジイィは舌打ちをした。

「面倒なんだよ……! 雑魚が、雑魚世界が、悪あがきしやがって……!」

この世界の脅威の程は、もはや把握した。滅ぼす。

ドライブリンカーが量産化され、流通する世界。彼らにとっても、それは初めて目にするイレギュラーであった。

これまでの転生(ドライブ)で、彼らは未知の転生者(ドライバー)を警戒していた。彼らのルールにおけるタイムリミットが近づいた今、現地の転生者(ドライバー)を相手に、デパートのゲームコーナーで何度かこの世界のCメモリ(チート)を相手取ったテストを行った。たった一組、純岡(すみおか)シトと黒木田(くろきだ)レイという例外を除いて……現地の転生者(ドライバー)とCメモリ(チート)は、彼らのCメモリ(チート)の足元にも及ばなかった。

そして、エル・ディレクス。ドライブリンカーの流通を牛耳る異世界からの転生者(ドライバー)も、

【異界肉体（CODE0010）】の前では虫けらじみた弱敵にすぎないことが分かった。

小細工を弄した悪あがきの数々は、正面から彼らを打ち倒す手立てがないことを自白しているようなものだ。

「――ヨグォノメースクュア！」

ドライブリンカー越しの通信で呼びかけると同時、ボタンを操作する。彼らの世界のドライブリンカーには、この世界のドライブリンカーには存在しない機構があった。

ディスプレイの発光色が青から赤へと変貌する。外装各部が放熱フィンと共に展開して、C（チート）メモリの出力を最大化する。

「予定を二ヶ月早めよう！　この世界を滅ぼす！」

世界消費（エグゾースト）モード。

◆

「これで一日目も終わりかあ」

何気なく通路を歩きながら星原（ほしはら）サキが呟く。

純岡（すみおか）シト、そして剣（つるぎ）タツヤと大葉（おおば）ルドウも同行していた。

「……」

準決勝を制したシトは、勝利の感覚を噛(か)み締(し)めているかのように無言だ。

鬼束(おにづか)テンマ。決して相容れない相手であったが、それでもあの戦いでは互いに、確かに何かを掴んだのだと感じている。

「本当に、純岡(すみおか)クンが日本最強になっちゃうかもね。どうするの？　全国の女の子にきゃーきゃー言われちゃうかもよ」

「俺は黒木田(くろきだ)以外に興味はない」

「うわ、すごい」

「ケッ！　こーいう奴だよこいつは」

ルドウが、うんざりしたように顔を背ける。

手の中でＣ(チート)メモリを弄びながら、タツヤも呟く。

「日本一になっちまったら、俺の出るような大会には出なくなるかなあ」

「そりゃそうだろ。テメーはそもそも、全日本大会どころか地区予選レベルも怪しい実力だろうが。クソ素人」

「シトともっと戦いたいんだよ」

夕刻だが、季節の関係か、太陽は地平線に沈み始めてはいない。

シトはもう少しだけこの会場に残るつもりでいた。

「……少しだけ一人で歩いてくる。貴様らも、好きに――」

三人を振り向き、シトが発した言葉は、途中で止まった。南入口の方向……人の流れに逆らい、必死の様子で競技場内に飛び込んできた少女の姿があった。

少女は知り合いの姿を探すように辺りを見回していたが、汗の雫に濡れた黒髪の隙間から、シト達の一団を認めた。

「――純岡さん」

「外江ハヅキ……！　何の用だ！」

萌黄色の和服を乱して走り寄ってきた少女は関東最強の転生者、外江ハヅキである。

しかし今の彼女は余裕の笑みを浮かべてはいない。人目を憚らず疾走するハヅキの姿を目にした転生者など、これまで一人でも存在しただろうか。

「ああ、よかった。誰も知り合いが見当たらへんかったら、どないしよ思うてました。純岡さん。大葉さん」

ハヅキは、今さらながらに妖艶な微笑みを作ってみせた。無理をしているのだと分かった。

「純岡さん――日下部さんて方、存じてます？」

「日下部……ドクター日下部か」

アンチクトンと無関係であるはずの彼女が、どこでその名を知ったのかもわからない。とにかく、異常な事態だ。ハヅキは落ち着きのない様子で窓の外の晴天を見ている。

「……きっと、時間があらしません。できればうち、今すぐに日下部さんと話したいんやけど」

「だが、ドクター日下部がまだ会場に残っているとは……」

「――私の名を呼んだかな。純岡シト！」

全員の虚を突いて、返答があった。

振り向くと、そこには黒く染められた白衣と、片眼鏡越しの眼光がある。

この怪人はいつでも、全てを先読みしたかのように唐突に現れる。今回も、ハヅキの現れる時を最初から分かっていたかのようだった。

「ドクター日下部……ッ！」

「純岡シト。君との会話は望むところだが、今は優先順位と言うものがある。そして外江ハヅキ！　異世界転生の一端に携わる者として私は君の名も当然聞き及んでいる！　加えて言えば、この私は君の用件についても、こうして言葉を並べる間に推察を終えている！　どれほど頓狂な話であろうと、私は正確に内容を理解してみせよう！」

「え……そのう……この方、日下部さん？」

「ああ。見た通りの相手だ。知らずに来たのか」

「ハハハハハハハ！　日下部リョウマだ！　自己紹介が遅れてしまったな！」

「けど、なんぼ急ぎの用でも、ここで言うんは――」

ハヅキは、不安げに他の転生者の面々を見渡す。

「――構わん！」

彼女の考えを遮るが如(ごと)く、ドクター日下部(くさかべ)は指を鳴らした。

「それはこの場に立つ全員に関係のあることだろう！　異世界転生(エグゾドライブ)に人生を賭ける転生者(ドライバー)であれば、全ての世界に起こり得る事実を余さず知るべきだ！」

「……っ、あの、日下部(くさかべ)さん……？　隕石が、落ちます。この会場に落ちて、あのまんまやったら、皆死んでまうとこでした」

「……なんだと？」

反応したのは、純岡(すみおか)シトである。そのような光景を引き起こし得るC(チート)スキルを、彼は直接目の当たりにしたことがある。

一方でドクター日下部(くさかべ)は、興味深そうにハヅキの顔を覗き込んだ。

「『あのままだったら』……ということは、今はそうではない。我々はこのように生存している！　時間軸的には今よりも未来の状況ということになる！　隕石を落とした者の特徴については説明できるかね！」

「金髪の男の方と、黒い……なんやろ。コスプレみたいな格好しとる小さい女の子です。会長さんが戦ってました。信じられへん話かもしれ……」

「信じるとも！　――そうだろう、純岡(すみおか)シト！　大葉(おおば)ルドウ！」

「知っている相手だ。異世界からの転生者(ドライバー)か……！　そうだな、大葉(おおば)！」

「……クソが。よりにもよって、今日かよ……」

最悪の可能性の一つとして、それはあり得る話であった。異世界からの転生者(ドライバー)が、現にこの世界に存在している。根本的に異世界の存在である彼らの振る舞いが、シト達の知る異世界転生(エグゾドライブ)と同じように世界救済に収束するとは限らない。

……それどころか、仮に彼らの転生(ドライブ)の目的が、アンチクトンと同様に世界滅亡であるとすれば。

(……デパートの二人組。あの二人は転生(ドライブ)した異世界に、些かの関心も持たない蹂躙者だった。奴らの転生(ドライブ)前の本来の世界が、そうした価値観の世界なのだとしたら。あの過剰に露悪的な言動も……世界を躊躇(ためら)いなく滅ぼしエネルギーを奪いつくすために、【基本設定(ベーシック)】の如き心理的指向性が与えられているのだとしたら)

ハヅキの話によれば、WRA会長エル・ディレクスが彼らと戦ったのだという。転生者(ドライバー)と戦える者は、同じレイヤーに位置する異世界からの転生者(ドライバー)しかいない。

ならば彼らの生きるこの現実のどこかで、用いられたというのか。

最悪のCスキル(チート)——【異界災厄(CODE5133)】が。

「……日下部(くさかべ)さん。転生(ドライブ)レコーダー、再生できる端末持ってます？」

「ふむ。確かに、ここにいる者に状況を理解させるには、直接その目に見せてしまう方が早いかもしれん……特にそこの君達！」

「えっ、アタシ!?」

「おいドクター日下部（くさかべ）！　勝手に話を進めんなよクソ野郎！　ここで会ったが百年目だぜ！」

シトもたった今気付いたことだが、剣（つるぎ）タツヤはサキに両脇を抱えられ、辛（かろ）うじてドクター日下部（くさかべ）に襲いかからないよう押さえ込まれている状態だった。

「俺は絶対テメーをぶっ潰してやるからな！」

「星原（ほしはら）サキと剣（つるぎ）タツヤ！　構わん。私としては純岡（すみおか）シトと大葉（おおば）ルドウのみでも十分ではあるが、この場に残っている以上は、君達にも状況を把握してもらおうか！」

タツヤの威嚇を意に介することもなく、老博士はハヅキのドライブリンカーを端末接続し、記録映像を再生した。ドライブリンカーに標準装備された機能の一つ、別機器からの映像入力を保存する転生（ドライブ）レコーダーである。

再生された映像を見て、シトはすぐさま異常に気付いた。

「……時刻表示が……四十分後……!?」

画面の中では、空気の歪みのようにしか捉えられない速度でエル・ディレクスが空を駆け、ニャルゾウィグジイィが一撃のもとに大地を割っていた。超世界ディスプレイを通さない、現行技術の限界の映像。現地世界の人間の知覚にとってみれば、転生者（ドライバー）同士の戦いはそのようになるのだ。

「……全部、この世界で起こってたことです。信じます？」

「信じるわけねェだろ」

即答したのは、大葉（おおば）ルドウである。ドライブリンカーの仕様について、同世代の誰よりも熟知している少年であろう。ハヅキが語った状況の矛盾点も理解していた。

「この世界の時間が巻き戻ったとしたら、それができるC（チート）メモリは一つ。【運命拒絶（セーブ＆リセット）】だ。テメーが話してることが本当なら、会長か誰かがC（チート）スキルを発動させたってことなんだろうな。じゃあテメーはどうしてそのことを覚えてるんだ？　その転生（ドライブ）レコーダーは、なんで俺らの記憶と同じように巻き戻されてない？　まさかテメーも会長と同じ異世界からの転生者（ドライバー）だったってオチじゃあねェよな」

「確かに大葉（おおば）の言う通りだ。【運命拒絶（セーブ＆リセット）】はその世界の事象を、転生者（ドライバー）の記憶を除いて巻き戻すC（チート）スキル……上位世界から見れば、俺達は巻き戻される側であるはずだ」

「……ええ。けれど、うちは例外です」

ハヅキはドライブリンカーを開き、装填された一本のメモリを見せた。通常のC（チート）メモリとは異なる、真紅の外装を持つメモリ。

「……【世界解放（オーバードライブ）】……!?」

シトは狼狽（ろうばい）し、その不正規（イレギュラー）メモリを父の形見のメモリと見比べた。似ている。だが、外江（とのえ）ハヅキがこれを持っているはずがない――

「違う。観察すべきだ、純岡（すみおか）シト！　それは【例外処理（カテゴリエラー）】！　他のC（チート）スキルの対象から外れるメモリ！　クハハハハハハハ！　よもや【例外処理（カテゴリエラー）】までも完成させていたとはな、エル・

ディレクス！　確かにこれならば、君だけは破壊や隕石に巻き込まれたとて無傷！　他の全てが巻き戻っても、未来の記憶と体力状態のままで、ここまで辿り着くことができるというわけだ！　どんな手段よりも正確に敵の脅威と状況を知らせることができる！　重大な役目だったぞ、外江(とのえ)ハヅキ！」

「これは、なんだ……。この赤いメモリは！　ドクター日下部(くさかべ)！　貴様は父さんのC(チート)メモリを……父さんのことを知っているのか!?」

「……純岡(すみおか)シト。その【世界解放(オーバードライブ)】は異世界転生(エグゾドライブ)で用いたとて、何の機能も発現しないことは既に知っているはずだ。何故ならそれは、ドライブリンカーの本来の用途のために作り出したC(チート)メモリではない。このような日のため……この現実で行使することを目的としたR(リアル)メモリなのだからな！」

父が消えたあの日から、シトが抱え続けてきた謎。

彼が最後に託されたメモリ【世界解放(オーバードライブ)】は、果たして何のために存在し、どのような機能を持つC(チート)メモリだったのか。

「会長は……貴様は、父さんは！　このような日が来るのを知っていたのか!?　ドライブリンカー普及の目的は……貴様が異世界を滅ぼす目的はなんだ！」

「無論、全て知っている！　WRA！　アンチクトン！　決定的な方法論の差異によって分かたれた道であろうと、我々はそれぞれの道で戦いに備え続けてきた！　目的は、まさにこのような日のため！」

会話を交わす彼らを、天上からの光が強く照らした。

藍を帯び始めた空に、巨大な炎がはっきりと見える――【異界災厄(CODE5133)】の巨大隕石。

異世界からの転生者(ドライバー)の記憶は巻き戻されない。ハヅキの知らせた時刻から三十分以上も早く、異世界からの転生者(ドライバー)が再びこの会場を滅ぼそうとしている。

頭上の滅亡の具現に照らされながらも、老博士はむしろ確信の哄笑を響かせていた。

「――そう、今!!　それが今だ純岡(すみおか)シト！　純岡(すみおか)シンイチの息子である君には、今こそ【世界解放(オーバードライブ)】を使う権利がある!!」

異世界からの干渉は一方通行だ。

それがC(チート)スキルである限り。その世界の者は抗う術を持たない。


その一つ以外は。

25. 【世界解放】

純岡（すみおか）シトは動けずにいた。

知識と精神力に卓越した転生者（ドライバー）も、本来の世界ではただ一人の中学生に過ぎない。

異世界における決断力は【基本設定（ベーシック）】のC（チート）スキルありきの力であって、この世界の彼ら自身が何にも揺らがぬ精神を持っているわけではない。

「シト！　隕石が……」

少なくともタツヤの声が聞こえた時、シトは自分に何ができるかを知らなかった。

ドクター日下部（くさかべ）は、承知の上だったのだろう。不敵な笑みを浮かべた。

「――当然、君はそうするだろう」

呟きは、眼前のシトに向けられたものではなかった。

都市全域を焼き滅ぼすと思われた巨大隕石は、上空数十mで停止していた。

一呼吸にも満たない静止。

だがその瞬間に巨大質量は微塵の賽（さい）の目（め）に切断され、切断に続く恐るべき衝撃によって空の彼方に吹き飛ばされ、燃え尽きた。

衝撃の余波でネオ国立異世界競技場の大窓が破砕する。逆向きの流星雨が、たった今起こった異常極まる現象を物語っている。

割れた窓から降り立った細い影があった。

まったく体重を感じさせぬ動きで、彼女は片脚で着地した。

「間に合いましたね」

「……やはり、エル・ディレクス！　実に久しぶりだ！　このループでは敵と交戦せず、この会場の救出に来た——というわけだな！」

「ドクター日下部（くさかべ）。事情は、彼女から聞きましたか？」

「私を誰だと思っている。即座に理解したとも」

生身で巨大隕石を消滅せしめたスーツ姿の女性は、ＷＲＡ会長にして異世界からの転生者（ドライバー）、エル・ディレクスである。片手には、今しがたの惑星規模斬撃を繰り出した得物——何の変哲もない清掃用のモップがある。

「ドクター日下部（くさかべ）。最後かもしれませんので。まず、言っておきます」

呆気（あっけ）に取（と）られたままの転生者（ドライバー）の面々をよそに、エルはドクター日下部（くさかべ）と対峙した。

この世界にドライブリンカーを普及し、異世界転生（エグゾドライブ）を広めた二人であった。

「他の世界を犠牲にする君のアプローチは、我々ＷＲＡの理念とは決して相容れません。この世界の文明に異世界転生（エグゾドライブ）の定着が完全に為された以上、それを今になって覆す必要はないはずです」

「ならば、公式大会に我々の参入を許しているのは君の迷いと言わざるを得ないなエル・ディレクス！　自覚なきままの搾取を無知な民衆に背負わせることが、異世界人の傲慢以外の何だというのか！　これが真実、世界を滅ぼし得る遊戯なのだと周知し……異世界転生（エグゾドライブ）の文化を終わらせなければならない！　異世界からのエネルギー回収の役割は我々アンチクトンのみが担い、現状の極めて非効率的な回収体制は撤廃する。世界存続の試みは無秩序な遊戯ではなく、管理された事業として行うべきだ！」

「……」

「……」

両者は言葉を止めて、同時に空を仰いだ。

【異界災厄（CODE5133）】の脅威は一度で終わりではない。巨大隕石に続く滅びの災厄。無から生まれつつある黒雲が、不穏な青い稲妻を纏っている。

「……さて。外敵に対処するとしよう」

「ええ」

老科学者は端末を通じて人造転生者（ドライバー）達に招集をかけ、一方でエルは清掃用モップを捨て、次なる【異界災厄（CODE5133）】の発動に備えている。

「……ま、待ってくれよ！」

残る中学生の中で、剣(つるぎ)タツヤだけが最初に立ち直り、口を開くことができた。

「いきなりこんな話して、シトにどうしろっていうんだ!?　俺達はただの中学生転生者(ドライバー)なんだぜ!?　いくら異世界転生(エグゾドライブ)で強くたって、そんなので世界が救えるわけないだろ……!?」

「救えます」

無手で雷雲の直下へと歩みながら、エルは答えた。

「私達の世界では、ドライブリンカーはただの文明教育の道具でした。現実とは関わりのない異世界で、自らの手で安全に文明を育て……それが世界救済へと繋(つな)がることを教える、体験型の教材。私は――この世界で、ドライブリンカーを異世界におけるC(チート)スキルの使い方を互いに切磋琢磨(せっさたくま)する『遊戯』として広めました」

「会長……！　この世界は、やっぱりあんたが！」

「そうする必要がありました。ただの遊びであったからこそ、君達は誰よりも多く異世界に転生(ドライブ)し、誰よりも広い組み合わせのC(チート)スキルを使いこなしてきました！　無限に存在する異世界の誰よりも……！　何十、何百と！　この世界の子供達は皆、比類のない異世界転生(エグゾドライブ)の経験者です！　敵が強大な世界脅威だとしても……どれほどの、C(チート)スキルの使い手だとしても！」

轟音が言葉を遮る。

巨大な落雷を、エルは同じく電光の速度の正拳で打ち消している。

降り注ぐ破滅から、エルは転生者（ドライバー）を守っている。本来は内政型であろう彼女が、一世紀近くの年月を重ねて……劣悪な効率でも成長させた戦闘スキルは、そのためにあった。

「勝てます……！」

落雷。

「……それが、私達の……！」

一度ばかりではない。物理法則を凌駕するほどの出力で二度、三度と【異界災厄】（CODE5133）の雷が降り注ぐ中、WRA会長は死力を振り絞って全てを迎撃した。

会話のために、息継ぎのできる時間が短くなってきている。

「会長……」

「だから……！　み、身勝手なお願いかもしれませんが……皆さんだけは、自分の世界のために戦ってください！　わ……私は……！この世界を生きてしまったから！　お母さん、お父さん……お婆（ばあ）ちゃん……私が生きていた世界には、君達のような友達だっていたのに……二度と、元の私のままで帰れなくなってしまったから！」

エルはそれだけを告げて、さらに荒れ狂う破滅の海へと身を翻していく。

剣（つるぎ）タツヤでは追いつくことができない。

「戦ってください！　自分自身のために！」

――エル・ディレクスが侵した禁忌は三つある。

この世界では筐体に表示すらされない、禁断のレギュレーション――『転生侵略』の世界に転生（ドライブ）したこと。

その世界を攻略できると証明するために、ドライブリンカーの量産を可能とする【複製生産（パイレート）】のCメモリ（チート）を持ち出したこと。

同世代の子供が誰一人攻略できなかった世界も、五つのメモリならば救えると考えたこと。

◆

エル・ディレクス　IP6,249,962,303,610（－103,109,881,523）　冒険者ランクSSSSSSS

オープンスロット：【産業革命（インダストリアルR）】【倫理革命（モラルR）】【超絶知識（ハイパーナレッジ）】

シークレットスロット：【複製生産（パイレート）】

ベーススロット：【運命拒絶（セーブ&リセット）】

保有スキル：〈核力発勁SSSSSS〉〈アカシック柳生SSSSS－〉〈完全構造SSSS+〉〈不滅細胞SSSSS+〉〈超並列思考SSSS〉〈分子欠陥知覚SSS〉〈予知SS〉〈トンネルエフェクトSSSS+〉〈完全言語SSS〉〈完全鑑定SS〉〈資産増殖SSSSS〉〈未

来工学SS＋〉〈未来物理学SS〉〈未来経済学SS〉〈絶対名声A＋〉〈料理D〉他1968種

◆

世界が荒れ狂っている。

異世界ではなく、紛れもないこの現実が。

転生者達が振るう莫大な力の前では、シトの命など虫よりも小さい。エル・ディレクスが戦い続けていなければ、次の一瞬にでも消し飛んでしまうだろう。

「【世界解放】をこちらに渡せ、純岡シト！」

雷鳴、爆風、あるいは閃光の中で、ドクター日下部は叫んだ。

「――そのRメモリが、何を為すためのものなのか！　真実を知った君ならば、とうにそれを理解しているはずだ！　それは我々の基底世界でCメモリを使用できるようにするRメモリ！　そのためには、【世界解放】を励起状態に移行させるに十分なエネルギーを付加する必要がある！」

「アンチクトン！　貴様らが……！」

ドクター日下部の言わんとしていることを、シトは理解してしまっている。

「貴様らが世界を滅ぼして得たエネルギーで！　それをしろというのか！」

シトは父の形見を握り締めている。異世界を滅ぼすアンチクトンの所業を認めるわけにはいかないと感じる。それは今でも変わらない彼の在り方だ。

「その通りだ！　一億の競技人口を以てしても、ＷＲＡがドライブリンカーの得た世界間エネルギーを異世界転生筐体（エグゾドライブ）を通じて回収していたとしても、人類絶滅を伴う一度の世界救済との間には、天文学的なエネルギー効率の差が存在するのだ！　聞け、純岡（すみおか）シト！　それは逆説的に、人間の可能性を証明してすらいる！　良（よ）きにしろ悪（あ）しきにしろ、『世界』を認識し、それを自らのエゴで変え得る可能性を持つ生命体は、人間だけしかいないのだ！」

「俺は……！」

純岡（すみおか）シトは、彼らの行為の矛盾を思う。

世界を喰らう外敵から身を守るために、この世界の破滅を遠ざけるために……彼ら自身が誰かにとっての外敵となり、異世界を破滅させていた。

個体の死を避けるために、他の生物を殺し続けなければならない食物連鎖のように。

この世界を救うための悪。他の誰にも異世界転生（エグゾドライブ）の罪を背負わせない理想。

（父さんは……この【世界解放（オーバードライブ）】の使い方について、何も教えてはくれなかった）

それは何故だったのだろう。

きっと純岡（すみおか）シンイチも――何が正しいのかを、決めることができなかったのだ。

この世界を守るために、侵略者と同じ行為に手を染めるのか。世界を作り変え、誰もが軽率に世界救済を行うことは正しいあり方なのか。

それは父の人間としての弱さだったのかもしれない。

……だが、あの日の笑顔を思い出すことができる。

(父さんは)

メモリを握り締めた拳を、シトは自らの額に当てた。

(……俺の未来に、希望を見ていた。その時がもし訪れても、きっと正しき決断ができるのだと。だからこのメモリを、可能性を、俺に託した――)

ドクター日下部が、再びシトの名を呼ぶ。決断しなければならない。

分かっている。

「信じろ、純岡シト！　私を……否、私達を！」

「俺は……！　貴様らのことを間違っていると思う！　けれどまだ、貴様らに代わる答えを出せていないんだ！」

「それでいい！　そうあるべきだ！　だが世界を救うために、今は迷うな!!」

荒れ狂う災厄の余波の暴風が、二人を吹き飛ばそうとしている。

ドクターは痩せた体で細い支柱に掴まって、それでも耐え続けていた。指の間に血が滲んでいるのが見えた。

今手を掴まなければ、二度と掴むことはできないだろう。

今だけしか。

（俺に、可能性を）

彼ら自身の世界を救う手立ては、今しかないのだ。

（選べというのか！）

シトは、ドクター日下部（くさかべ）の手を取った。

受け渡された真紅のメモリがドクター日下部（くさかべ）のドライブリンカーへと装填され、エネルギーを吸い上げていく。

ドライブリンカーに蓄えられた世界間ポテンシャルのエネルギーは本来ならば、ＷＲＡ製異世界転生筐体（エグゾドライブ）が回収を担っている。しかし異世界転生筐体（エグゾドライブ）を一度も通していないドクター日下部（くさかべ）のドライブリンカーの内部には、彼が滅ぼしてきた世界のポテンシャルが、全て蓄積されている。

チャージを終えた【世界解放（オーバードライブ）】を受け渡すその時、ドクター日下部（くさかべ）は、シトの手を掴んだ。

骨ばってはいても、生命に満ちた強い力だった。

「五回だ！　私自身が滅ぼした異世界は、計三十七！　全てのポテンシャルを君の【世界解放（オーバードライブ）】に託す！　それは揮発性の、僅か一時間足らずで拡散してしまうＩＰだが――【世界解放（オーバードライブ）】を装填したドライブリンカーを、異世界と同様の活性状態へと変える！　励起可能なＣメモリ（チート）は一度に二本！　有効使用回数は……私の計算上、五回！」

「俺は……貴様の思い通りに動く駒ではない！　本当に、これで良かったのか！　ドクター日下部(くさかべ)！」

「良い！　全て君の力！　君自身の可能性だ！　世界を救え純岡(すみおか)シト！」

暴風が僅かに凪(な)いだ。まるで純岡(すみおか)シトの道を拓(ひら)くように。

シトは走り出す。戦うために、思考を走らせはじめている。

デパートにおける転生(ドライブ)の経験と外江(とのえ)ハヅキが持ち帰った映像で、シトは今から戦うべき敵のC(チート)スキルを知っている。この世界には膨大な種類のC(チート)メモリがあって、個人の身で異世界とすら対峙できるその武器を手に、いつでも彼は戦い続けてきた。

最後に一度、シトは足を止めた。背中越しに尋ねた。

「ドクター日下部(くさかべ)！　貴様は……何故そこまでした！　貴様は何者だったんだ！」

「——君は知っているはずだ！」

アンチクトンの創造主にして、この世界を変貌させた者達の一人。

打ち付けるような災厄の強風の中で黒い白衣をはためかせながら、笑った。

「時に善を、時に悪を為し！　思考も行動も、状況に伴い相互に矛盾する！　他の生命を奪う罪を背負ってなお、ただ生きていたいと願う！　私は人間だ！　どこにでもいる、たった一人の人間に過ぎない‼」

シトは駆け出す。

それだけは否定できない。生きる誰もにとって、自分のいるこの世界こそが、他の何よりも特別なのだから。

彼らには今こそ、世界を救う義務がある。

◆

嵐の中を駆ける。

そんな彼の姿をどのようにして見つけ出したのか……戦いへと赴くシトの横に追いすがる、小柄な姿があった。

「シト！　俺も戦う！」

剣（つるぎ）タツヤだ。ひどく未熟で荒削りな戦いばかりをする、異世界転生（エグゾドライブ）の素人。

けれど彼がいなければ、純岡（すみおか）シトは今のシトではなかった。

「剣（つるぎ）。貴様――」

シトは、半分呆れたように溜息を漏らす。

「……この世界が置かれている状況について、何か一つでも理解しているのか？」

「全然分からねーよ！」

当然、シトがどこに向かっているのかも分かっていないのであろう。

しかし剣(つるぎ)タツヤはいつも、その時すべきことを直感で理解するのだ。

「この世界がどうだろうと……お前には作戦があるんだよな！　いつもみたいな、どんな転生者(ドライバー)でもあっと言わせるような作戦がよ！　俺は考えるの苦手だからよー……！　俺のライバルの、お前に賭けるぜ、シト！」

「ならば、貴様に助けてもらいたい連中がいる！」

敵は二人。今は【運命拒絶(セーブ&リセット)】が発動し、ニャルゾウィグジイィとヨグォノメースクュアが別行動を取っていた時間軸に戻っているはずだ。

埒外(らちがい)の暴力と軍勢、そして自由自在の災厄を操るこの二人が合流してしまえば、もはや現行人類に勝ち目は残らないだろう。

「アンチクトンの転生者(ドライバー)だ」

「アンチクトンの連中だと……！」

ドクター日下部(くさかべ)は、配下の人造転生者(ドライバー)に招集をかけていた。

これが彼らの生きる世界の危機であるというのなら、アンチクトンの者達が立ち上がらないわけがない。彼らは、他ならぬこの世界を救うために戦ってきた転生者(ドライバー)なのだから。

「そうだ。奴らも必ず戦っている！　貴様が合流し……奴らを助けろ！　タツヤ！」

答えを待つこともなく、シトは【世界解放(オーバードライブ)】を投げ渡した。

剣(つるぎ)タツヤは、彼らの中でも最もアンチクトンに対して怒りを燃やし、反感を募らせてきた少年でもある。だがそれでも、この役目は彼が誰よりも適任だと信じた。

「……ヘッ、いいぜ！　お前に賭けるって言ったもんな。任せておけ」

「これから作戦を伝える！」

◆

高級住宅地の一角で、意思持たぬ人型の影がぞろぞろと湧き始めていた。

地球にとってみれば一匹の細菌にも満たないその小さな黒点こそが、世界壊滅の兆しである。

それは自らの影法師をコピーするように、自分自身の複製を作り出す。そうして作り出された複製もまた、複製を生む。忠実な影の軍勢を乗算的に生み出し続け、いずれは無限の物量で世界を呑み尽くす。

一切の労力なく効率的に世界を滅ぼすC（チート）メモリを、【異界軍勢（CODE0832）】という。

そんな荒廃の兆しを前に立ちふさがる、黒衣の二人組があった。

アンチクトンの人造転生者（ドライバー）。鬼束（おにづか）テンマと銅（あかがね）ルキ。

「……到着したのは私達が最後か」

「やれやれ……案の定、討ち漏らしが出てきちゃってるじゃあないですかァ。住民は本当に救助済みなんでしょうねェ？」

「どちらにせよ、こいつらをこれ以上のさばらせるわけにはいかんな」

「いくらテンマさんがいるとはいえ……この量は、二人では正直きついですよォ」

このC(チート)メモリの使用者本体——ニャルゾウィグジイィと名乗る金髪の男は、先行した他のアンチクトンの精鋭が足止めを担っているはずだ。しかしこの影の軍勢と対峙するなら、テンマ達はただの足止めであってはならない。

指数関数的な増殖を上回る勢いで、殲滅することが求められる。

「やるしかあるまい」

二人は歩みを進めながら、外装を持たないR(リアル)メモリを取り出す。

それは異世界からの侵略者に対抗する唯一の手段——ただ一つのオリジナルを再現した簡易量産型だ。

「【世界解放(オーバードライブ)】」

「……ク。【世界解放(オーバードライブ)】！」

左手の建物が崩落する。津波のように群れた影の軍勢が、その質量で街を押し流しつつあるのだ。その波は横合いから二人に襲いかかり——

「クソ野郎どものくせに！」

空から斜めに飛来した閃光が、軍勢を二つに裂いた。

「美味(おい)しいところだけ持っていこうとしてるんじゃねえぞ！　アンチクトン！」

◆

剣（つるぎ）タツヤ　IP10,000,000

オープンスロット：【超絶成長（ハイパーグロウス）】【絶対探知（フラグサーチ）】【なし】

シークレットスロット：【なし】

保有スキル：〈我流格闘S－〉〈軽業S＋〉〈超反応A＋〉〈走馬の視力A〉〈頑健A〉〈神経制御A〉

◆

「フ。君は……純岡（すみおか）シトの仲間か。出遅れたようだな」

「剣（つるぎ）タツヤだ！　しっかり覚えやがれッ!!」

剣タツヤの着地痕には、直線状に炎が走っている。

物理法則を遥かに凌駕する身体能力。この世界で一時的に付与されたポテンシャルは揮発性のIPと経験点に変じ、【超絶成長（ハイパーグロウス）】によって掛け合わされた倍率が、一瞬にして転生者（ドライバー）を成長させるのだ。

「どうでもいいですが。あなたごときがなぜ、私達の援護を？　これは現実です。遊びでは済まされませんよ」

「知るかよ……！　テメーらと同じ理由だとでも思ってろ！」

路地の正面からはさらなる群れ。転生者（ドライバー）は三人。

【異界軍勢（CODE0832）】は、人類の根絶だけを目的としたC（チート）メモリだ。無限の物量には根本的な対処が不可能。増殖する兵士の一体一体が現行人類を大幅に凌駕する個体戦闘力を持つ。

しかも【世界解放（オーバードライブ）】は僅か一時間の期限付きの力だ。

「ところで……現実のC（チート）スキルの仕様には、まだ疑問があるんですが――」

痩身の銅（あかがね）ルキが、軍勢の正面にふらりと立ちふさがった。

「銅（あかがね）!!　あぶねえ!!」

影の兵士の爪が、ルキの腹部を貫通する。そして……

「く、くくくくく」

学生服を纏ったその姿が、ぐにゃりと崩れた。

銅（あかがね）ルキの肉体は質量保存を無視して洪水へと変じ、軍勢を呑んだ。

「この場合、私って元に戻れるんですかねえええ!!　ひ、ひひひひひひ!!」

◆

銅ルキ　IPO（＋10,000,000）
オープンスロット：【人外転生】【超絶成長】【なし】
シークレットスロット：【なし】
保有スキル：〈ジェネシス・スライムS〉〈絶息の罠S〉〈物理無効S＋〉〈温度変化無効A〉〈溶解S〉〈無限再生S〉〈無限分裂S〉〈破裂B〉〈人間化B〉

◆

——一方、銅ルキとは別の方角へと向かった一群もまた、別の異様な一団に阻まれていた。

現実ではあり得ざる炎が、雷が閃き、破壊が破壊を押し戻しつつある。

「ヒャハハーッ！　チート能力で無双！　サイコーだぜ！」

「俺達は選ばれた転生者だァーッ！」

「ちょっと男子ー！　落ち着いて行動しなさいよ！」

「落ちこぼれ野郎をいじめたいぜ！」

数秒前までは存在しなかった、疑似C（チート）スキルを操る戦士達だ。

C（チート）メモリの力によって人工的に生成されたNPCである。

「軍勢を生み出す異界のメモリか」

鬼束（おにづか）テンマはビルの上に立ち、魔王の如く戦況を睥睨（へいげい）している。

炎に吹き上がった一陣の風が、黒いコートを大きく靡（なび）かせた。

「それが君達の手段ならば……敢えて、言わせてもらうぞ」

この世界においては、【魔王転生（ダークネス・ドライブ）】の枷を嵌（は）める必要もない。

彼が選んだものは、【異界軍勢（CODE0832）】の初動を押（お）し留（とど）め、同時に【超絶成長（ハイパーグロウス）】を用いるタツヤとルキの餌ともなるC（チート）メモリ。

地を抉（えぐ）る稲妻と化したタツヤがすれ違いざまに影を引き裂き、そして市街を覆い尽くさんばかりに広がったルキが、敵を拘束し栄養源として吸収していく。それが僅かに三人の……この世界の転生者（ドライバー）の戦力。

「――この世界を舐（な）めるな。『異世界』」

◆

鬼束（おにづか）テンマ　IP0（＋10,000,000）

オープンスロット：【集団勇者（フラッシュモブ）】【英雄育成（トップブリーダー）】【なし】

シークレットスロット：【なし】

保有スキル：〈扇動B〉〈戦術指揮B＋〉〈千里眼C〉〈広域把握B〉〈並列思考C〉〈思考同調C〉

26.

【異界肉体】

住宅街の一角は、再び焦土と化していた。

ごく普通の金髪の大学生を取り囲んでいるのは、黒衣の転生者(ドライバー)達である。

「……必死になりやがって」

ニャルゾウィグジイィは舌打ちをする。

彼を足止めするべく戦いを挑んできたアンチクトンの転生者(ドライバー)達は、先のループで戦闘したエル・ディレクスとは比較にもならぬ弱敵だが、無敵の【異界肉体(CODE0010)】の力でなお殺しきれない。

またしても、何らかの仕掛けがあるのだろう。

「こいつらも……不死身になるC(チート)メモリか？　……全部無駄だってのに」

巨竜に変じた転生者(ドライバー)の炎を、蝿(はえ)を払うかのように手の甲で掻(か)き消す。

その刹那、何者かが仕掛けたトラップがニャルゾウィグジイィの足元を崩し、広大なダンジョンの如き構造に落とし込もうとする。何もない空中を蹴って復帰する。

別の転生者(ドライバー)が展開したアイテムボックスから溢(あふ)れ出(だ)した莫大な量の海水がニャルゾウィグジ

イィを沈めようとする。繰り出した拳の空力加熱のみで全て蒸発させる。

ありとあらゆる試みは、彼の肉体に傷一つつけられずにいる。

——ニャルゾウィグジイィは、彼らのような紛い物ではない。本物の、一方通行の世界間ポテンシャルを獲得した転生者だ。

アンチクトンの転生者はただニャルゾウィグジイィをこの場に押し止めるだけでも死力を尽くさねばならず、そして時が経てば経つほどに、世界滅亡用の兵力——【異界軍勢】の総量は指数関数的に増大していく。彼の勝利は既に確定しているのだ。

「くそっ、電話も通じないのか……！　政府に命令できるなら、【異界王権】でミサイルでもなんでも撃ち込ませようと思ったのに……」

しかしニャルゾウィグジイィは、一般スキルに関しては何一つ成長させていなかった。この世界のドライブリンカーであれば、Ｃスキルに頼らずとも、政府とのコネクションや通常の電波妨害の突破手段など三日もあれば習得が可能であったはずだ。

だが、彼らのドライブリンカーにＩＰによる成長補助機能は存在しない。

（そもそも、どうしてあの会長以外にＣスキルを使う転生者がいる？　何のために僕らを妨害しているんだ？　勝ち目があると思ってるのか？）

もう一度舌打ちをする。不快だ。

敵の正体。目的。戦術。そもそも、こうして勝ち負けを競うということ。

ニャルゾウィグジイィにとっては、考えさせられること自体が不快であった。

彼らはこの世界の上位に立つ転生者（ドライバー）だ。考えなどを巡らせずとも彼らのC（チート）メモリは無敵であったし、どのような脅威も、当然の結果として滅ぼすことができた。

ましてや同等の敵を上回るための思考など、試みる必要自体がなかった。

彼にとっての異世界は、そのような労苦や思考と一切無縁の世界であるべきなのだ。

【異界軍勢（CODE0832）】の増殖は、既に県一つを覆っていていい頃合いだ。

だが、そのようになっていない。【異界軍勢（CODE0832）】の群れも、ニャルゾウィグジイィ本体と同様に妨害に遭っていることを意味している。

蟻（あり）のような現地人が、勝ち目のない、無意味な抵抗をしている。

不快だった。

「いい加減に――」

ぐにゃり、と。

ニャルゾウィグジイィの周囲の空間が歪む。

彼は一切、一般スキルを成長させていない。時空に関するスキルすら保有しているわけではない。戦闘能力の根拠は限界の身体能力を付与する【異界肉体（CODE0010）】のみである。

しかし無敵の身体性能であれば、時空干渉に近いことはできる。

ニャルゾウィグジイィは自らを食い止めていたアンチクトンの転生者(ドライバー)の前衛を振り切って、体当たりで隣り合った区画まで突破した。

その区画には。

「う……！」

「……!?　銅(あかがね)ーッ!?」

ニャルゾウィグジイィの一撃は、その区画を埋め尽くしていた銅(あかがね)ルキの肉体体積の半分を消し飛ばしている。

剣(つるぎ)タツヤが、全く対応できない速度の強襲であった。

「ハハハハハハハ！　なんだ！　ちゃあんと不死身じゃない奴も混じってるじゃないか！　だから……ハハハ！　こういうとこだよな」

首の後ろを掻いて、舌打ちする。不愉快な思考だ。

一方的な蹂躙の最中にそのような思考が過ぎってしまうこと自体が……まるでゲームや遊びに勝とうとする思考であるかのような。

「ど、うい、う能力を持ってるだとか……ど、んな相性だとか。だ、から誰を後回しにした方がいいとか……？　ただただ、面倒なんだよ。雑魚なんだから——」

【集団勇者(フラッシュモブ)】や【英雄育成(トップブリーダー)】で強化されたルキの【人外転生(クリーチャー・エボルブ)】は際限のないスキル成長を遂げ、今や〈グレイ・グーＳＳＳ＋〉の形質を獲得している。

だが【異界肉体（CODE0010）】の性能を以てすれば、残る体積を消失させる程度は、もはや造作もない。

足止めをする転生者（ドライバー）に、最初から躍起になる必要はなかった。

そんなものを無視して他を破壊する方が、よりいやがらせになる。

「まずはお前から刻んで消すことにするよ。それから別の国を一つずつ――」

ニャルゾウィグジイィは次の一撃を与えようとした。そして。

「――とどめの前に一言言うてあげるんが、そちらの世界のお行儀です？」

「あ？」

動くことができない。

彼自身が気付かない間に、全ての関節が拘束されていたのだと分かった。

【異界肉体（CODE0010）】の膂力で引き千切ろうとしても、その拘束は少なくとも九次元空間単位で巧妙に張り巡らされており、脱出しようとする力がなおさら自らを締め付けている。

「ずいぶんとお優しい世界みたいで。よろしおすなぁ」

ニャルゾウィグジイィの右手側で極細の糸を引いているのは、新手の転生者（ドライバー）。

萌黄色の和服を纏った、華奢な少女だ。

「ち……！」

負荷を無視して拘束を引き千切る。造作もない。

次の刹那で拳を撃ち込むが、振りかぶった初動を絡め取られた。

（なんだ、これは。まるで）

少女の指先だけで繰り出される技の一つ一つが、まるで、C（チート）スキルの如き異常な威力。

「ハヅキちゃん!!　来てくれたのかよ！」

「か、関東最強……か、かたじけないですね……！」

「めっそうもないです。タツヤくんも、ふふふふ。ご苦労さん」

少女はニャルゾウィグジイィをただ一人で止めたばかりか……まるで意趣返しの如く、会話を交わす余裕を見せつけてすらいた。

攻撃行動に移ろうとする。糸が絡まる。

存在しなかった拘束が出現する。一つ一つは僅かな足止めに過ぎない。

（嘘だろ）

だが、無限に。何度も。

（なんだ。なんだこれ。空間か？　こ、この空間に……最初から、罠を仕掛けていたのか……

こっちはC（チート）スキルだぞ……！）

C（チート）スキルにはC（チート）スキルでしか対抗することはできない。

だが通常のスキルであっても、それに限りなく近い能力を得ることもできる。

「こいつ……この女！」

「ふふふふ。こわいこわい。異世界の転生者（ドライバー）さんからしたら、うちみたいなか弱い女の子、まるで小虫やろなぁ」

ＩＰ獲得言動だ。

実力の落差をアピールすることで多大なＩＰを獲得するＣスキルがある。

しかも彼女は最初の奇襲が成功した時点で、最大限の倍率でそのＩＰを獲得した。

無敵の存在……異世界からの転生者を相手取る限り、常にＩＰ獲得倍率ボーナスを得ることができる。

圧倒的強者を前に、関東最強は微笑んでみせた。

「――所詮はうち、【弱小技能】ですから♥」

◆

外江ハヅキ　IP＋10,000,000（＋169,323,953）
オープンスロット：【弱小技能】【実力偽装】【なし】
シークレットスロット：【なし】
保有スキル：〈裁縫ＳＳＳＳＳＳＳＳＳ＋〉〈絶佳裁縫ＳＳＳ〉〈無尽の織景ＳＳＳＳ〉〈単分子紡績ＳＳ〉〈超時空裁断ＳＳＳ〉〈因果の糸の織り手ＳＳＳＳＳ＋〉

◆

時刻は遡る。ネオ国立異世界競技場に隣接する広場だ。

【異界災厄（CODE5133）】の攻撃から逃れ、辛うじて友と合流したシトは、まず自らの置かれた状況について仲間達に伝えた。

「【世界解放（オーバードライブ）】の残りの使用回数は四回だ」

五回の使用回数中の一回――真っ先に【世界解放（オーバードライブ）】を使用された剣（つるぎ）タツヤは、アンチクトンの支援に向かった後である。

「俺の考えでは、最低でも俺と大葉（おおば）に一回ずつ、この【世界解放（オーバードライブ）】を使う必要がある。そうでなければ勝てない」

彼の前には星原（ほしはら）サキと大葉（おおば）ルドウ、そして外江（とのえ）ハヅキがいた。

「やれるか、大葉（おおば）」

「……【不正改竄（ツールアシスト）】をアテにしてんなら言っとくが、ちょっとした座標変更程度ならともかく、ボスの消滅ルートを呼び出すのは最低でも年単位の解析になるぞ。しかも相手の転生者（ドライバー）を直接消すなんて芸当、普通に無理だ」

「だろうな。だとしても、敵のドライブリンカーの仕様が異なる以上、この戦いの確実な終了条件は撃破による送還しかない。転生者（ドライバー）が送還された後ならば、会長が【運命拒絶（セーブ&リセット）】で時間を巻き戻して一連の戦闘被害をこの世界から消去しても、一度送還された転生者（ドライバー）が戻ってくることはないはずだ。不死身の肉体を持つ転生者（ドライバー）を、ここで倒す」

「考えはあるんだろうな？」

「俺を誰だと思っている」

「チッ……気に食わねえ野郎だ」

頭をガシガシと掻いて、ルドウは顔を背けた。

次に、シトは外江（とのえ）ハヅキに視線を向ける。

ハヅキは、シトの知る限り最強の転生者（ドライバー）である。彼女の協力を得ることができれば……

「ええですよ？」

「貴様にも協……いいのか」

「ええ。純岡（すみおか）さんの頼みなら、それはもう」

口元に扇子を当てて、蠱惑的（こわくてき）に微笑む。

世界が滅びつつある災厄の中で、外江（とのえ）ハヅキだけが平時の余裕を取り戻していた。もしかしたら、そうあり続けることが彼女にとっての誇りなのかもしれない。

「……貴様は、剣（つるぎ）達を助けに行ってもらいたい。C（チート）メモリの組み合わせは任せる。貴様ほどの実力ならば、俺の指図を受けるまでもなかろう」

「うち――純岡(すみおか)さんになら指図されてもええかもって思ってましたけど」

「ちょっと外江(とのえ)さん。純岡(すみおか)クンからかわないでよ。ウブなんだから」

「ふふふふ」

「話を続けていいか」

やや居心地悪そうに、シトは最後の一人……サキへと話を振った。

「これで残り一回。無駄に回数を抱えていくくらいなら、俺は貴様に使ってもいいと考えている」

「えっ、アタシ!?」

「そうだ。転生者(ドライバー)に資格など必要ない。ドライブリンカーを装着すれば、貴様にも【世界解放(オーバードライブ)】のCメモリ(チート)を行使する権利がある。そうだとすればどうする、星原(ほしはら)」

「そうだな。アタシがやるとしたら……」

顎に指を当てて、サキは考えを巡らせる。

シトの判断には理由がある。予選トーナメントを観戦していたその時から、星原(ほしはら)サキには明らかに卓越した異世界転生(エグゾドライブ)のセンスがあった。

「……【無敵軍団(ネームドフォース)】。あと【運命拒絶(セーブ&リセット)】かな」

「そうか。理由は？」

「いや……アタシ、異世界転生(エグゾドライブ)は素人も素人だし。いきなり戦っても、立ち回りとか絶対ダメだと思うんだよね。でもこの二つは、発動するだけなら極論本体の技術とか関係ないわけじゃん。みんなとの通信はドライブリンカーでできるし——ＩＰ的に【運命拒絶】は一回だけしか発動できないかもだけど、あるのとないのとでは、皆の心の余裕が結構違うと思うから。余裕を買いたいんだよね」

「……未経験で、そこまで考えることができるのか。さすがだ、星原。これ以上ないほど的確な判断だと思う。やはり、残り一回は貴様に……」

「あのね純岡クン。やるとしたら、の話でしょ」

受け渡された赤いメモリを、サキはそのまま突き返した。

「アタシはやる気ないから」

「……ど、どうしてだ？」

「もう、鈍いなあ……！　いいから残しておきなって！」

シトは沈黙した。作戦に活用できるＣメモリの種類こそ少なくなるが、いざとなれば、二回分を自分に使用して、ＩＰだけを二重に獲得することもできるだろう。まだ転生者ではない星原サキを巻き込むことに迷いがあったのも事実だ。

「……ああ。ならば大葉、外江。貴様らに頼みたい」

「ケッ、しょうがねえ。乗りかかった船だな」

「代わりにスイーツバイキング、ご馳走になってええです？」

◆

――そして、今。

WRAのオート運転トラックでシトが目指しているのは、転生者達（ドライバー）の集う戦場とは別の地点。

無差別な地点を直接的に破壊できる、そしてネオ国立異世界競技場をも攻撃した、【異界災厄（CODE5133）】の使い手の位置である。

ドライブリンカー越しに、剣（つるぎ）タツヤへの通信を行う。

「敵はこの先か、剣（つるぎ）」

〈間違いねえ……！　C（チート）スキルの発動イベントが【絶対探知（フラグサーチ）】に引っかからないわけねーからな。今の所デタラメに災害を呼びまくって、会長を集中攻撃してる。奴の注意が会長にだけ向いてるなら、横から奇襲できるんじゃねーのか……！〉

「いいや。そのつもりはない」

できない、と言う方が正しい。

この世界には数多くのC（チート）メモリが存在するものの、ニャルゾウィグジイィ達が用いるメモリの如き、敵に対して直接的に干渉できる類のC（チート）スキルは極めて希少だ。故に数少ない例外ともいえる不正規（イレギュラー）メモリ、【不正改竄（ツールアシスト）】が鍵となる。

（大葉(おおば)の経験上、ボスの直接撃破の解析には年単位の時間がかかる。【運命拒絶(セーブ&リセット)】の繰り返しでその時間を作るという手は、到底不可能だ……）

まず間違いなく、こちらの世界が運用できるＩＰが先に枯渇するはずだ。

ならば別の手を取るしかない。シトはトラックから降り立ち、Ｃメモリ(チート)を取り出す。

ここから先は転生者(ドライバー)の領域だ。戦闘に踏み込む手前で【世界解放(オーバードライブ)】を用いなければならない。

ただ一人でこの敵を。

「【不朽不滅(エバーグリーン)】……」

「待って！」

急ブレーキの音と、そして声があった。

シトに続いて到着したオート運転トラックから身を翻したのは、見知った少女である。

「……！」

「ね……ねえ、シト！　あの時みたいに、言って！」

細い、二つ結びの黒髪が靡いた。

シトは息を止めて、彼女を……黒木田(くろきだ)レイの姿を見ていた。

「――君の力が必要だって！　他の皆と同じように……！　ぼくも、きみと一緒に戦うことができるって!!」

彼女は走り、膝に手を置いて息をつき、そして、まっすぐにシトの瞳を見た。

レイも、ここに来ていた。世界を救うために戦うことを決めたのだ。

「…………」

シトは強く目を閉じる。絞り出すように言った。

「ああ…………！　必要だ。……そうだな。気付いていなかった……こんな時に……俺は、君の力こそが必要だった。そうか……来てくれたんだな……黒木田……！」

「……シト？」

「何でもない。嬉しいだけだ。黒木田……ありがとう」

また共に戦うことができる。自身でも信じられないほどに、それが嬉しかった。

「……そうだね。ごめん」

レイは、泣きそうな顔で微笑んだ。

「ぼくはずっと、自分のことばかりだったよね。シトだって、不安だったはずなのに」

「言われていた……星原に、一回だけは残しておけと……まったく、俺は相変わらずの異世界転生バカだ……」

分かっていた。レイは誰よりも優しい。人の気持ちを思いやることができる。

だから、何でもないと言い訳をしても……隠そうとしても、伝わってしまう。

「そんなシトが好きだ。好きなんだ！　ぼくが善でも、悪でも、それだけは確かなことだった。

だから……君から離れていったりしない！　信じて！　シト！」

――嫌われたくないと思っていた。

再びその手を握るために、何か一つでもきっかけが欲しいと思っていた。

「だから……手を！」

「ああ！」

【世界解放(オーバードライブ)】が、少年から少女の手に渡る。

レイは迷わず二つのC(チート)メモリを選ぶ。

シトと言葉を交わさずとも、彼女は全て分かっていた。

◆

黒木田(くろきだ)レイ　IP0（＋10,000,000）
オープンスロット：【酒池肉林(ハーレムマスター)】【無敵軍団(ネームドフォース)】【なし】
シークレットスロット：【なし】
保有スキル：〈戦術指揮B＋〉〈通信B〉〈魅了B＋〉〈対人構築C＋〉〈思考整理C〉

◆

その数分後。

「……ねえ、何のために来たの？」

声が降ってくる。純岡(すみおか)シトは、破壊の大口に沈んでいた。

街路を融かし尽くし、大地を貫かんばかりに陥没させる、理外の暴力。【世界解放(オーバードライブ)】の力を以てしても、純岡(すみおか)シト一人では転生者(ドライバー)の力に及ぶはずもなかった。

「そんな風にやられるために？」

冷酷な赤い瞳。

ヨグォノメースクュアという。黒いゴシックロリータドレスを纏った、小学生ほどの銀髪の少女である。

彼女の攻撃でシトが絶命していない理由は、黒木田(くろきだ)レイが発動している【酒池肉林(ハーレムマスター)】ただ一つしかない。異世界の転生者(ドライバー)の戦闘力の前には、一切の攻撃手段は通用しない。

「すごくかっこ悪いね」

「む」

シトが口を開こうとした時、数えきれない連撃がシトの頭部を大地に埋めた。

常人ならば一度で数万回は死に至るであろう苦痛を立て続けに与えられながら、それでも死に切ることはできない。

「無駄だ……」

「……」

「も、もう一度……言う。無駄だ。【酒池肉林(ハーレムマスター)】は地球外への追放も含めて、この世界からの退場を防ぐ。貴様に……俺を殺し切ることは、できない……」

「そう」

ヨグォノメースクュアは溜息をついた。心から興味がなさそうだった。

彼女と別行動を取っているニャルゾウィグジイィが複数の転生者(ドライバー)による派手な妨害に遭っていることは察することができるが、彼女自身が遭遇したのはこの取るに足らない転生者(ドライバー)一人。まともな戦闘スキルすら持っていない。

ヨグォノメースクュアが有する【異界災厄(CODE5133)】は、転生(ドライブ)に邪魔な人物やオブジェクトをピンポイントで破壊するためのスキルだ。世界を滅ぼすだけならば、ニャルゾウィグジイィの【異界軍勢(CODE0832)】に任せているだけでいい。

つまりこの世界を守りたいのであれば、ヨグォノメースクュアに挑むという選択からして、そもそも見当違いなのだ。

世界消費の決定が下された以上、彼女の仕事は安全圏からエル・ディレクスを攻撃し続け、唯一の不確定要素である彼女を動かさないようにしているだけでいい。

「もういいから、他のとこ行くね」

「…………異世界転生(エグゾドライブ)が憎いか？」

「……」

ヨグォノメースクュアは動きを止めた。

ように見えただろう。

実際は、残像すら残さない蹴りがシトに突き刺さっていた。【酒池肉林(ハーレムマスター)】で傷一つなく軽減されるとしても、痛みや苦痛は与えられる。地球外まで吹き飛ばせないことだけが、彼女を多少苛立(いらだ)たせた。

「答えろ。貴様らが逃避せずに生きている人生とやらはなんだ？　貴様らにとっての異世界転生(エグゾドライブ)は……娯楽ではない。ましてや、観光やスローライフなどであるはずがない。……貴様らが、この転生(ドライブ)を楽しんでいるようには見えないからだ」

「ウン。バカと話すのはつまんないよ」

「それは」

爆撃のような拳が、さらにシトの顔面を打った。家屋の残骸に突っ込む。それでも死ぬことができない。

「……そ、それは……世界を滅ぼし、エネルギーを回収する、ただの義務だからだ……！　貴

様らにとってのドライブリンカーは、世界消費の兵器！　だからこそひたすらに効率性だけを追求した、直接的に世界を滅ぼすC(チート)メモリがある……！　そうしてドライブリンカーを運用することで維持されてきたのが、貴様らの世界だ！　違うか！」

「なんなの……！」

さらに続けて打撃を叩き込む。叩き込み続ける。

——ただの中学生のはずだ。この世界においてはそもそも転生者(ドライバー)ですらないはずの、未熟な精神の子供。

それが何故ここまで心折れずに、立ち上がり続けることができるのか。

何が彼を支える。そこまで自分自身を殺して、苦痛に耐えられる理由があるのか。

「俺は……もう、知っている。どの世界も同じだ。そのような掠奪を続けなければ……維持のできない世界もある……！」

「何……？　お、おかしいわよ……あなた……！」

◆

純岡(すみおか)シト　IP10,000,000

オープンスロット：【超絶交渉(ハイパーコミュ)】【なし】【なし】
シークレットスロット：【なし】
ベーススロット：【基本設定(ベーシック)】
保有スキル：〈交渉S＋〉〈威圧の弁舌A〉〈洞察S〉〈挑発S＋〉〈議論展開A－〉〈高速思考A〉

◆

「……【世界解放(オーバードライブ)】で起動可能なCメモリ(チート)は、オープンスロットから二つが優先されると分かった。だが、ドライブリンカーには本体に組み込み済みのCメモリ(チート)が一つある。ならば、オープンスロットに一つだけを装填すれば……」

「いいから」

ヨグォノメースクュアの拳は、空気との摩擦で雷電すら生じた。とうに瓦礫と化した景色を焼き払う一撃ですら、純岡(すみおか)シトを殺すことができない。【酒池肉林(ハーレムマスター)】。Cメモリ(チート)は、絶対の効果であるから。

「黙って」

心を折ることすらできない。あのデパートでの戦闘と同じだ。

このどうしようもなく無力な少年は、この世界に居座り続ける妨害キャラだ。

(——大したことじゃない。こんなの無視すればいい。ただ……)

「貴様らが語った搾取や蹂躙の権利は、貴様らの世界の欺瞞だろう……! いずれ自らが滅ぼす世界の素晴らしさなど、一体どのように楽しめばいい! 貴様らはそれを知っているはずだ! 貴様らの世界の【基本設定】に醜悪性を刻み込まれてすら……こうして異世界を滅ぼす所業に正義などないのだと、理解しているのだろう!」

「……ッ!」

無視すら許さない。

シトの発言は、ただの子供の、根拠を持たぬ憶測に過ぎない。だが【超絶交渉】は、使用者が望む限り対象との交渉を強要する、絶対のCスキル。シトの保有スキルランクの全ては、レイの【無敵軍団】で強化されてすらいる。

「いいから。死んでよ。もうこの世界は終わりなんだから」

「こ、この世界は終わりはしない」

「終わるの! 他のところは、全部滅んでる! 滅ぼしてるのよ! 無意味なことしないで、大人しく滅びなさいって言ってんのよ!」

再び蹴り、殴る。そうしなければ、彼女自身の激情が収まらない。

どれほどの精神力だろうが、きっと痛みに心が折れる。そうでなければならない。

「な、何も知らず……異世界転生を楽しむ……俺達が、羨ましいのか……」

「バカじゃないの!?　雑魚……雑魚ども!!」

「逃避でも、願望でもなく！　貴様らの理解の及ばない楽しみが……可能性が！　この世に存在していることが、許せないか！　転生者（ドライバー）！」

明らかに常軌を逸した、異世界転生（エグゾドライブ）という遊戯への憎悪。

まさしく異世界からの転生者（ドライバー）が、この世界におけるドライブリンカーのあり方を否定するのだとすれば……その理由は、自らの行為に対する、覆い隠された忌避が存在するからだ。

少なくとも、ヨグォノメースクュアにとってはそうだった。

自分自身でも明確でなかった言葉を、彼女は叫んだ。

「異世界転生（エグゾドライブ）なんて最低に決まってるでしょう！」

——許せない。異世界転生（エグゾドライブ）など消えてなくなってしまえばいい。

「私達だって！　、、、こんなことしたくないに決まってるでしょう！　滅ぼすばかりで、何もかも踏みにじって！　異世界転生（エグゾドライブ）をしなきゃ生き残れない世界なんて間違ってる！　バカみたい……バカみたい!!　こんなもので楽しむなんて、本当にバカみたい!!」

「ならば俺達は！　その楽しみの分だけ、貴様らより上だッ!!」

——ＩＰ獲得言動だ。

転生（ドライブ）した異世界で手に入れたものは、現実に持ち込むことはできない。

しかし蓄積した技術は、経験は、全て彼ら自身のものだ。

純岡(すみおか)シトは、絶大なる転生者(ドライバー)を相手にイニシアチブを取っている……！

「この世界ごと」

ヨグォノメースクュアは【異界災厄(CODE5133)】を発動する。

最大規模の隕石直撃。この日本列島ごと、純岡(すみおか)シトを深海の底へと沈めるまで。

あと数億発の拳を叩き込んでも飽き足らない。絶望をシトに見せつけるためだけに、月よりも巨大な隕石を直上に召喚している。

「消してやる……！」

〈純岡(すみおか)！　終わったぞ！〉

ドライブリンカーからの通信があった。大葉(おおば)ルドウの声だ。

シトはもう一人の仲間の名を呼んだ。


「……タツヤ！」

「異世界転生(エグゾドライブ)なんか、この世から……！」

隕石を落下させると同時に、ヨグォノメースクュアはシトへと殴りかかった。

自らが海に沈んでも構わない。彼女は無敵だ。

現地の転生者(ドライバー)がどれだけ抵抗しようが、勝つ手段などない。倒す手段などない。

【異界肉体(CODE0010)】は攻防ともに究極のＣメモリ(チート)――

「――相手の座標を、送れ！」

その瞬間、ヨグォノメースクュアの眼前からシトの姿が消えた。

代わりに現れたのは、遠く離れていたはずのニャルゾウィグジイィの姿であった。

「え」

【異界肉体（CODE0010）】の全力の一撃が、同じ【異界肉体（CODE0010）】に直撃した。

金髪の青年の肉体は微塵に砕け、それはその肉体からの反動を受けたヨグォノメースクュアの体も同じであった。

◆

――決着の地点から遠く離れた、ネオ国立異世界競技場。

「ったく……無茶させやがって。純岡（すみおか）の野郎」

ダークグリーンのジャケットを羽織った少年が、深く長い息をついた。

長い戦いが始まってから、彼は一歩もその場を動いていない。そのような余裕はなかった。

「確かに言ったよ。ちょっとした座標変更なら可能だって」

この世界の転生者（ドライバー）が全力を尽くして稼いだ時間の中で、【無敵軍団（ネームドフォース）】でブーストした大葉（おおば）ルドウの思考を総動員して……ようやく解析を終えた、大逆転の一手。

偉業を見る者すらない心地よい静寂の中で、英雄は勝利の笑いを笑っていた。

「……マジでやらせるかよ、普通」

◆

大葉(おおば)ルドウ　IP10,000,000
オープンスロット：【不正改竄(ツールアシスト)】【超絶知識(ハイパーナレッジ)】【なし】
シークレットスロット：【なし】
保有スキル：〈法則解明ＳＳ＋〉

000. エピローグ

「異世界に転生(ドライブ)してる間ってさ」

ネオ国立異世界競技場に隣接する大公園には、穏やかな、白昼の日差しが降り注いでいた。

公園に据え付けられた休憩用テーブルを囲む、若き転生者(ドライバー)達がいた。

黒木田(くろきだ)レイは空を仰いでいる。雲一つない青い空。

「その世界の魔法の仕組みや、こっちの世界でまだ発明されてない科学技術まで、なんでも分かるような気がするのに……そういう知識って、転生(ドライブ)が終わった後はどこに行くんだろう。元の世界に戻ったぼくはやっぱりぼくのままだし、異世界でどれだけ賢くたって……そんなことも、まるでゲームとか、夢の中の出来事みたいだ」

平和な日常そのものである。ほんの一日前、この空から世界を滅ぼす災厄が迫っていたことなど、誰が信じられるだろう。

「知らねーよ……結局そういう反則(チート)で得た知識の類は、現実の俺達のオツムの程度に合わせてカットされるってことなんだろ」

不機嫌そうに片手で頬杖を突いたまま、大葉（おおば）ルドウが答える。

彼は【超絶知識（ハイパーナレッジ）】によってこの現実の法則解明の片鱗（へんりん）を成し遂げすらしたが、あの戦いに参戦した転生者（ドライバー）の全ては、一時間の経過に伴うIP揮発に従って、その力で転生者（ドライバー）が成長を果たした知識やスキル、あるいは異形の姿も、C（チート）スキルとともに失われていた。

一時は超人としてこの世界を救った彼らは、ただの中学生転生者（ドライバー）のままだ。

それは、彼らが彼らのままでいられる救いでもあるのかもしれない。

「それって逆に、C（チート）スキルの知識は借り物でも、異世界転生（エグゾドライブ）で経験したことは本物ってことじゃない？　そっちの記憶は、この世界に戻ってもしっかりあるんだから」

口を開いたのは星原（ほしはら）サキである。

一日前、異世界からの転生者（ドライバー）がもたらした脅威は、エルの【運命拒絶（セーブ&リセット）】によって全て巻き戻された。【運命拒絶（セーブ&リセット）】は、上位世界の転生者（ドライバー）に相当する者の記憶以外の世界事象を巻き戻すC（チート）スキルである。活性状態のドライブリンカーであの決戦へと挑んだ者が全てを覚えていたとしても、転生者（ドライバー）ではない星原（ほしはら）サキに世界脅威の記憶はない。

彼女は少し笑って、チョコレートを口に含んだ。

「おかげで、アタシ達がこうやって平和に暮らせてるってことだよねー」

「ケッ。フワフワした話でいいこと言った気になってんじゃねェーぞボケ」

「だってアタシは全然覚えてませんしー。それより黒木田（くろきだ）さんが戻ってきてくれたことの方が重大ニュースじゃん！　ね、黒木田(くろきだ)さん。これからどうするの？」

「どうするって」

レイはやや困ったように首を傾げた。

「……どうしようか。全然、これからのことなんて考えてないや。異世界転生(エグゾドライブ)は……やっぱり、また始めてみようかな。星原(ほしはら)さんはどうしてほしい？」

「純岡(すみおか)クンの家にお世話になるとか？」

「え」

余裕と言葉を失って硬直するレイ。

「ケッ。くだらねー」

ルドウはまたしても舌打ちをする。

昨日は世界すら救ったというのに、彼は午前からずっと不機嫌なままでいた。

「つーか純岡(すみおか)だよ。クソ情けねえなあの野郎。あっさり負けやがって」

「あのさルドウ……一日目にあれだけ物凄(ものすご)い転生(ドライブ)して、しかもこっちで異世界からの転生者(ドライバー)まで倒したんだから、本調子が出なくて当然でしょ」

「いいや。あいつは全力だったね」

ルドウは断言した。

純岡(すみおか)シトと戦ったことのある転生者(ドライバー)ならば、誰もがそう言うだろう。

「あいつはどんな時でも、筋金入りの異世界転生(エグゾドライブ)バカだよ」

ＷＲＡ異世界全日本大会、準優勝。

緻密な戦術で破竹の連勝を重ねた期待の新星の戦いは、そんな結末に終わった。

「おーい！」

遠くから駆け寄る小柄な少年がいる。剣(つるぎ)タツヤだ。

「シト、もうちょっとで来るってよ！」

異世界における彼らは、世界すら救う英雄である。

それとまったく同じように、ごく普通の人生を謳歌する中学生であった。

◆

ネオ国立異世界競技場、会長控室。

大会後の手続きを終えた後、純岡(すみおか)シトは再びこの一室を訪れていた。

「……改めて、ありがとうございます。シトくん」

ＷＲＡ会長エル・ディレクスも、あの壮絶な戦いを生き残っていた。しかしＷＲＡが長い年月をかけて世界中からかき集めたＩＰのストックは、【運命拒絶(セーブ&リセット)】の発動でほぼ使い切ってしまったのだという。

「君がいなければ、この世界は本当に滅んでいたかもしれません。もちろん、友人としてあなたに協力してくれた転生者の皆さんや……ドクター日下部も含めて。皆がいてくれたから、私達は平和な今日を迎えることができました」

「……会長は、元の世界には戻らないのか？」

「ええ。私は、まだこの世界でやることがありますから」

「会長の世界救済はまだ終わっていないということだな」

エルは、気まずそうに微笑む。シトはこの並行世界群の真実を知ってしまっていて、最初に会った時のような誤魔化しはもう通用しない。

複製元であるエル・ディレクスのドライブリンカーは、この世界の転生者と同様の仕様である。つまり、この世界の真の脅威はまだ残っているということになる。

どれほど留まりたいと願っていても、世界救済が成し遂げられてしまった世界に、転生者が留まり続けることはできないのだから。

「……この世界には、魔法がありません。可能性を消費する技術が世界に定着していないということは、それだけ世界の潜在的なポテンシャルが高いということです。私達の世界は、本来ならば多くの未来を選択できる——『高い』位置にあります」

「あの転生者達が、滅びに瀕した世界からの転生者だとしたら……」

「ええ。シトくんの推測通り。『低い』世界から『高い』世界を観測する、何らかの条件や技術が、この広い並行世界のどこかにあるということです。そうして観測されてしまっている世界が……レギュレーション『転生侵略』。より高いポテンシャルを有するが故に、転生者（ドライバー）の手で滅亡させることで絶大なエネルギーを回収できる、最も救済難易度の高い世界――」

純岡（すみおか）シトは真っ直（まっす）ぐに彼女の目を見たまま、揺らがなかった。

たった今エルが語った仮説についても既に辿り着いていたのであろう。

彼は純岡（すみおか）シンイチの息子だ。

「私やドクター日下部（くさかべ）のしたことが、決して正義とは呼べないことは分かっています。けれどあらゆる試行の結果として……この世界を異世界の転生者（ドライバー）から守るためには、他に選べる手段がないのが現実です。昔も、今も」

「……」

「……ごめんなさい」

エルは深く頭を下げた。両手を膝の上で握る。

「君達の世界を、めちゃくちゃにしてしまって……世界を変える重さを、君達に背負わせてしまって。私……昔の私は、変えられると思っていた。世界を変える責任に……あなた達よりも、ずっと無自覚だったんです。その上、隠したかった真実も、守りきることができなかった。ごめんなさい」

「……いいや。むしろ希望が持てた」

「え」

　それは、エルが想像もしていなかった答えだった。

　彼女は顔を上げて、シトの瞳を見た。真剣勝負の転生（ドライブ）に挑む時と同じような……真剣な思考を湛（たた）えた、深くまで光を通す湖のような瞳。

「低い世界から高い世界を観測する技術がある。俺達のドライブリンカーと同じように、数ある異世界にはそのように世界の障壁を超える技術があるということだろう。それは文明かもしれない。魔法かもしれない。さらに言えば、もしかしたら……他の世界を犠牲にしなければ存続できない、並行世界の根本的なシステムを打破するきっかけになるかもしれない」

「君は……」

「俺は……アンチクトンのやり方にも、ＷＲＡのやり方にも賛同しない。だからこそ、新しい可能性を探す努力をする義務があると思う。そして、俺にできることがあるとすれば……それは異世界転生（エグゾドライブ）だ」

　彼はドライブリンカーを握りしめた。生まれてから多くの時間を、彼はそれに費やしてきた。そして全日本で二位の実力を、この日に証明してみせたのだ。

「エネルギーの回収のためではない。俺は……この世界にはない、新しい可能性を探るために、異世界転生（エグゾドライブ）をしたい」

「ああ」

エルは口元を押さえた。この世界に訪れてからの記憶を、思い出すことができる。

……ドクター日下部（くさかべ）。大葉（おおば）コウキ。そして。

彼女にも多くの出会いがあり、仲間がいた。長い旅に出た仲間がいた。

「い、いつか……同じことを言った人を、私は……知っています」

「……きっと、俺も知っている人間だろうな」

シトは立ち上がった。友人が待っているのだろう。

遠い昔にはエル・ディレクスにもいた、自分自身の世界の友が。

「異世界転生（エグゾドライブ）を、これからも続けるんですね」

「世界救済は、決して手放しで認められるような正義ではない。けれど俺は……何もしないことを選びたくはない。別の可能性を作るために……俺はいつだって、俺に出来る行動の中からたった一つを選ばなければならない」

彼らは人間だからだ。善を選ぶことも、悪を選ぶこともできる。

自らのイニシアチブで、たった一つだけの可能性を選び取っている。

この世にいくつもの並行世界が生まれていくのは、人間だけが……無数の選択肢の中で、そのようにして一つだけの世界を選んでいくから。

「――シトくん！」

その背中に向かって、エルは呼びかけた。

「……私も、自分の選んだ道を止めはしません！　大会成績だけに囚われない強豪を全国から募って、全日本大会以上の規模の公式大会を開催するつもりでいます！　第一回ＷＲＡ次世代異世界チャンピオンシップ！　まだ異世界転生に挑むつもりでいるなら……君にも、参加してもらいたいんです！」

「ああ、会長。俺自身の実力で、参加の席を勝ち取ってやる……！」

白い廊下を、純岡シトは進んでいく。

一人の転生者として、これからも戦い続ける。

数多くの真実を知る以前の彼と、それは同じ道であるのかもしれない。

それでも、今の彼は知っているのだ。

――シト。異世界転生は好きか？

（ああ。好きだ）

あの時と何も変わらない。異世界転生が好きだ。

だからこそ異世界転生で、誰も傷ついてほしくないと願う。

……世界も。人間も。そしてそれを行う者自身も。

自分が何故戦うのかを、今の純岡シトは知っている。

「異世界転生(エグゾドライブ)で人を傷つける奴らを、俺は許さない」

――超世界転生エグゾドライブ！

それは異世界の勝負に文字通りの『人生』を賭ける、熱き少年達の戦いである！

付録　本編登場Cメモリ一覧

Ｃ（チート）メモリとは、ドライブリンカーが出力するＣ（チート）スキルの発動形態を決定する、全長８cm程度の小型電子メモリである。玩具屋やデパート、一部のコンビニなどで購入することができ、一本ごとの価格は約３００円～５００円程度。複数本がパッケージになったスターターセット等も流通している。販売元は日本国内ではほぼ１００％がＷＲＡだが、諸外国ではＷＲＡ以外の企業がライセンス生産を行っている例も少数存在する。

Ｃ（チート）メモリ自体はドライブリンカーに決められた情報入力を行う単なる電子部品に過ぎないため、電子工作の技術及び異世界転生（エグゾドライブ）の解析知識があれば、個人による自作及び量産も可能。事実、そのようにしてＷＲＡ以外の者が製造した不正規（イレギュラー）メモリが作中世界にも多数存在しており、アンチクトンの用いるＤ（ダーク）メモリなどは、その全てが不正規（イレギュラー）メモリである。

一度の転生（ドライブ）に使用できるＣ（チート）メモリ本数は、オープンスロット三本及び、シークレットスロット一本。これらのＣ（チート）メモリは転生（ドライブ）と同時にドライブリンカーの構成要素として認識されるため、二重転生（ドライブ）などの例外を含め、転生（ドライブ）後の異世界で用いるＣ（チート）メモリを選び直すことはできない。彼ら転生者（ドライバー）は、四つのＣ（チート）スキルに異世界の人生を託し、勝負を挑むのだ。

■Ｃ（チート）メモリ

作中世界で最も普遍的に見受けられるメモリ。Ｃ（チート）メモリの名称は、Ｄ（ダーク）メモリ等も含めた広義の俗称としても用いられる。市場に一般流通しているものは、Ｃ（チート）スキルの挙動が完全に解析されており、かつ異世界で使用した際の安全性をＷＲＡが認定したものに限られる。

【超絶成長（ハイパーグロウス）】

主に身体能力に関するスキルの成長倍率を大幅に上昇する。また、身体能力に関するスキルの成長上限がなくなる。単純かつ強力なＣ（チート）メモリであり、基本のハイパー系三種の一つである。
主な使用者は剣（つるぎ）タツヤ。

【超絶知識（ハイパーナレッジ）】

異世界で学習した知識の全てを理解し、記憶できる。また、知的能力に関するスキルの成長上限がなくなる。単純かつ強力なＣ（チート）メモリであり、基本のハイパー系三種の一つである。

【超絶交渉（ハイパーコミュ）】

対象との会話が必ず成立し、望む限り交渉を続けられる。また、対人能力に関するスキルの成長上限がなくなる。単純かつ強力なＣ（チート）メモリであり、基本のハイパー系三種の一つである。


【全種適性（オールマイティ）】

本来のスキルツリーを無視して、あらゆる通常スキルを直接習得することができる。上位スキルも直接習得することが可能だが、同等の上位スキルの作成が可能なＩＰ量に到達している必要がある。


【実力偽装（Ｅランカー）】

異世界人、及び転生者（ドライバー）から侮られることを可能とする。偽装が確実であれば、実力の落差によるＩＰ取得倍率ボーナスを常に得られる。ＩＰ獲得言動は、自身のランクの低さをアピールすること。


【酒池肉林（ハーレムマスター）】

恋人、配偶者などを無限に占有でき、また、それらの喪失を未然に防止する。不協和や死別などの不都合を解消し、使用者が望む限りハーレムを維持することができる。

【絶対探知（フラグサーチ）】

限定的な未来予知によって、世界各地のイベント発生条件を察知する。ただし、イベントの結末までを察知することはできない。多くの戦略に噛み合い、目立った弱点も少ない優秀なC（チート）メモリ。

【後付設定（サプライズ）】

一度の転生（ドライブ）で一度しか起動できない単発発動型。自分自身の設定を変更し、スキルランクをそのままに任意の類似スキルを再習得する。奇襲性が高く、シークレットメモリとして用いる者が多い。

【不労所得（パラサイト）】

周囲の者が獲得した経験点の一部を自動的に徴収する。割合はごく僅かで、自らのスキルツリーに合致する経験点しか加算されないが、修行に要する時間を別の事業に回せるマルチタスク性が大きな強み。

【弱小技能（ウルトラレア）】

転生（ドライブ）開始時に、ランダムで一つの弱小スキルを取得する。このスキルは経験点効率、上限ランク、スキル分岐等が全て最大値に設定されており、最終的に極めて強力なスキルへと成長する。主な使用者は外江（とのえ）ハヅキ。


【経済革命（エコノミカルR）】

世界全体の社会構造に働きかけ、望む形の経済形態を実現する。革命の過程を補助するのではなく、あくまで革命で到達する完成形を保証するCメモリ（チート）である。R系メモリ三種の一つ。


【産業革命（インダストリアルR）】

世界全体の社会構造に働きかけ、望む形の産業形態を実現する。革命の過程を補助するのではなく、あくまで革命で到達する完成形を保証するCメモリ（チート）である。R系メモリ三種の一つ。


【政治革命（ポリティカルR）】

世界全体の社会構造に働きかけ、望む形の政治形態を実現する。革命の過程を補助するのではなく、あくまで革命で到達する完成形を保証するCメモリ（チート）である。R系メモリ三種の一つ。

【倫理革命(モラルR)】

流通禁止メモリ。こちらの世界では知られていないR系メモリの四種目であり、世界全体の社会構造に働きかけ、望む形の価値観や正義概念を植えつける、非人道的C(チート)メモリ。エル・ディレクスの所有する一本のみがこの世界に存在する。

【運命拒絶(セーブ&リセット)】

発動することで、セーブを行った任意の時点にまで世界全体の時間を遡行させる。転生者(ドライバー)の記憶はリセットされず、発動のたびに遡行時間の長さに比例した大量のＩＰを消費する。

【兵站運用(リソースフリー)】

食料、資源などを自身の勢力に分配する。需要に対する供給が明らかに足りなかったとしても、十分な量を分配可能。ＩＰ獲得言動は、兵站や資源管理の重要性について語ること。

【無敵軍団(ネームドフォース)】

最大十名程度の配下や味方を強化し、スキルランクにボーナスを与える。他者強化系メモリの中では強化総量が最も大きいが、その反面、死亡や脱落を完全に防止できるわけではない。

【器物転生（アイテムモーフ）】

本編未使用。知性持つ武器やアクセサリーといった無機物に転生（ドライブ）し、現地の協力者に自らを使用させる。【英雄育成（トップブリーダー）】とのコンボが有名だが、協力者の性質は運に頼るところが多く、ピーキーな転生（ドライブ）になりやすい。


【集団勇者（フラッシュモブ）】

大集団が転生（ドライブ）したという設定で、擬似Ｃ（チート）スキルを保有するＮＰＣを三十～四十人ほど生成する。彼らの性質は一様に粗暴かつ愚劣で、使用者を排斥する傾向が強い。倒すことで大量のＩＰを獲得可能。


【令嬢転生（マイ・フェアレディ）】

初期条件型のＣ（チート）メモリ。上流階級の令嬢に転生（ドライブ）する。地位上も教育上も、内政型戦略に非常に有利な状態から転生（ドライブ）を開始できる。主な使用者は黒木田（くろきだ）レイ。


【不朽不滅（エバーグリーン）】

あらゆるご都合主義によって、死亡や退場、致命的な負傷を回避する。対戦相手の直接攻撃（ダイレクトアタック）戦術を一本だけで完封可能だが、それ以外の戦術に対してはほぼ無意味な対策専用メモリ。

【達人転生（スタートダッシュ）】

何らかの達人が転生（ドライブ）したという設定で、複数の高ランクスキルを取得した状態から転生（ドライブ）を開始できる。これらのスキルは上限ランクが玉石混交であり、終盤まで運用できるスキルは少ない。

【針小棒大（バタフライ）】

自分より格上の者が功績を成し遂げた時、それが自分の功績であると周囲に思い込ませ、その者が得られるはずだったＩＰを全て強奪する。ＩＰ獲得言動は、謙遜のようにも聞こえる曖昧な否定。

【複製生産（パイレート）】

流通禁止メモリ。元となる物品がある限り、如何（いか）なるオーパーツであろうと、機能を保ったまま大量に複製できる。ごく普通のＣ（チート）メモリだが、ある理由で最も世に出してはならないメモリである。エル・ディレクスの所有する一本のみがこの世界に存在する。

【正体秘匿（アンノウン）】

自身の正体を完全に隠蔽し、対戦相手の転生者(ドライバー)からも看破不能の架空の身分を纏う。スキル表示も自由に偽装することが可能だが、実際に使えるようになるわけではなく、既に存在する者を装うこともできない。

【英雄育成(トップブリーダー)】
対象一人を教育、育成することで、ハイパー系に等しい効率でスキルを成長させる。対象範囲が狭く育成の手間はかかるものの、現地の異世界人であっても転生者(ドライバー)を凌駕するレベルにまで強化することが可能。

【王族転生(ブルーブラッド)】
初期条件型のC(チート)メモリ。王族に転生(ドライブ)する。内政型としては最高レベルの初期条件で開始することができるが、王族という立場上、取り得る戦術の幅も狭まる。初心者向きの内政メモリと言える。

【不正改竄(ツールアシスト)】
不正規(イレギュラー)メモリ。解析した世界法則を元に異常な挙動を行うことで、ボスの消滅や座標変更等の望む結果を直接に呼び出す。扱いには凄まじい知識と熟練が必要であり、大葉(おおば)ルドウの所有する一本のみがこの世界に存在する。主な使用者は大葉(おおば)ルドウ。

【基本設定(ベーシック)】

ＷＲＡ重要機密。最も無敵にして恐るべきＣ(チート)メモリ。知る者は限られているが、ドライブリンカー内部の五つめのコネクタに組み込み済みの状態で装填されている。異世界に転生(ドライブ)した者から真の人生を生きているという自覚を奪い、非人間的な努力と精神力の発揮を可能とする。

■Ｄ(ダーク)メモリ

『異世界転生(エグゾドライブ)は異世界を滅ぼし得る危険な遊戯』という事実を喧伝し、また異世界人類の滅亡によるエネルギー回収を目論む危険集団、アンチクトンが開発した不正規(イレギュラー)メモリ群。規格や挙動こそ通常のＣ(チート)メモリと同様であるが、これらのＤ(ダーク)メモリは、ＷＲＡが敢えて流通させることのない、『人類への敵対行為によるＩＰ獲得』という条件変更が含まれるメモリである。

【魔王転生(ダークネス・ドライブ)】

ＩＰ獲得条件を逆転し、人類への敵対行為によってＩＰを獲得できるようになる。最初期型のＤ(ダーク)メモリであるため他の機能を殆ど持たず、後発のＤ(ダーク)メモリが多く開発された現在、このメモリを敢えて使用する理由は少ない。主な使用者は鬼束(おにづか)テンマ。

【人外転生（クリーチャー・エボルブ）】
初期条件型のD（ダーク）メモリ。魔族に転生（ドライブ）する。転生（ドライブ）先は最底辺の種族からランダムに選ばれるが、成長に従い際限なく進化し、人間への転生（ドライブ）ではあり得ない上位スキル、特殊スキルを多数習得していくことが最大の特徴。主な使用者は銅（あかがね）ルキ。

【悪役令嬢（ネガ・フェアレディ）】
条件固定型のD（ダーク）メモリ。上流階級の令嬢に転生（ドライブ）した上でその世界のイベントを強制スキップし、王族からの婚約破棄イベントを敵味方にとって最初のイベントとして引き起こす。その性質上、内政型以外の戦術をほぼ封殺する、内政型最強のD（ダーク）メモリ。主な使用者は黒木田（くろきだ）レイ。

【巨竜転生（ドラゴンフォーム）】
本編未使用。初期条件型のD（ダーク）メモリ。ドラゴンに転生（ドライブ）する。転生（ドライブ）の開始時点からその姿に相応しい強大な基礎スペックを備えるが、実際には直接戦闘型以外における運用こそが真骨頂であるという。

【勧悪懲善（アンチヒーロー）】

本編未使用。ＩＰのマイナスが行われなくなる。ヒロインの殺害や友好種族の虐殺などを含むありとあらゆる外道行為が可能となる、危険なＤ（ダーク）メモリ。ただし、それらの行為によってＩＰを獲得することもない。主な使用者は左町（ひだりまち）シア。

【追放勇者（エグザイルド）】
本編未使用。条件固定型のＤ（ダーク）メモリ。魔王討伐パーティーからの追放という大規模な固定イベントを発生させる、最強クラスのメモリ。鬼束（おにづか）テンマは、当初このＤ（ダーク）メモリの適合者として目されていたという。

■Ｘ（ゼノ）メモリ
異世界からの転生者（ドライバー）である、ニャルゾウィグジイィ及びヨグォノメースクュアが使用したメモリ群。こちらの世界のＣ（チート）メモリとは異なり、ゲームとしての成立を考慮しない、極めて直接的な成果を得るメモリが多い。異世界滅亡のための事業用と、それに伴う異世界生活の福利厚生用のメモリで構成されている。

CODE0003
【異界鑑賞】
使用者の転生者（ドライバー）を観測する上位世界の情報を直接得る。本来は自分自身のステータス管理のためのX(ゼノ)メモリであり、異世界に転生(ドライブ)しながら元の世界と通信することすらできるという。

【異界肉体(CODE0010)】
最強の身体性能を獲得する。殆どの単純暴力脅威を自分自身の攻撃性能のみで撃破可能であり、あらゆる手段で傷つけられないほぼ不死身の防御性能も獲得する。異世界における生存保障のX(ゼノ)メモリ。

【異界王権(CODE0032)】
政治における最高権力を獲得する。使用者の命じたどのような指示でも、国家がそれを実現するために動く。異世界の社会形態にかかわらず最上位の人生を歩むことができる、生活保障のX(ゼノ)メモリ。

【異界軍勢(CODE0832)】
果てしなく増殖する影の兵団を生み出す。影の兵士は自らの影からも兵士を生み出し、無限の物量と化して世界を滅亡させる。エネルギー回収のための世界滅亡事業に不可欠なX(ゼノ)メモリの一つ。

メモリ。

【異界財力（CODE1020）】
無限の財力を獲得する。使用者はどれほどの浪費を重ねても資金が尽きることはない。X（ゼノ）メモリの中では最も通常のC（チート）メモリと近く、【兵站運用（リソースフリー）】との類似点が見られる。生活保障のX（ゼノ）メモリ。

【異界災厄（CODE5133）】
災厄を生み出し、任意の地点を破壊することができる。【異界軍勢（CODE0832）】のサポートとして、特定の脅威を直接排除するためのX（ゼノ）メモリ。最大発動すれば大陸単位を沈めることが可能。

【基本設定（ベーシック）（X）】
正式名称不明。異世界における【基本設定（ベーシック）】に相当するメモリ。異世界転生（エグゾドライブ）からの精神の保護という関係上、基本的な機能は同様と思われるが、こちらのメモリにはそれに加えて、世界を滅ぼすことへの罪悪感や良心を鈍麻させ、どのような者にも効率的にエネルギー回収の事業を遂行させる機能が備わっていると推測される。

■R（リアル）メモリ
転生（ドライブ）先の異世界ではなく、この現実世界で運用するためにドライブリンカー開発チームが生み出したメモリ群。性質上、極めて限られた関係者のみが所有し、異世界転生(エグゾドライブ)で使用しても一切の効果を表さない。


【世界解放(オーバードライブ)】

純岡(すみおか)シトが物語開始以前から所有する謎のメモリ。異世界から回収したポテンシャルをチャージし、この世界で運用可能なＩＰとして変換、現実世界でドライブリンカーを活性化する。

純岡(すみおか)シトのものがオリジナルであり、アンチクトンが保有するものは一人分のポテンシャル容量しか持たない簡易量産型である。


【例外処理(カテゴリエラー)】

エル・ディレクスが長い年月をかけて開発した、二本目のＲ(リアル)メモリ。使用者をあらゆるＣ(チート)メモリの対象から除外する。限定的ながら強力な切り札として運用された。

あとがき

お世話になっております。珪素です。このたびは『超世界転生エグゾドライブ02 ―激闘！異世界全日本大会編―』をお手にとってくださり、大変ありがとうございました。

タイトルで分からない方はそんなにいらっしゃらないとは思うのですが、本作は『超世界転生エグゾドライブ01 ―激闘！異世界全日本大会編―』の続編となります。01巻を読んだことのない方のための世界観説明や登場人物の状況のおさらいなどがあるわけではないので、まだ本作の内容をご存知ない方は、01巻からあらためてお読みいただければありがたいです。

そしてさっそくですが、担当の長堀様、素敵なイラストを手掛けてくださった輝竜様、漫画版エグゾドライブに携わってくださった皆様やその他多くの関係者の方々に、この場を借りて感謝をいたします。これであとがきとして必要な内容は全て書きましたので、もう後は何を書いても構わないということです。

100円ショップで手に入る日用品の話をします。日用品のどれがどの程度役に立つかというのは定量的に表せるものではないのでランクをつけるわけにもいかないのですが、第一位があるとしたら、間違いなく電子レンジパスタ調理器でしょう。これがあるだけで調理に使う水や塩の量を格段に削減することができ、パスタの茹で具合をずっと見張っている必要もなく、非常に生活が便利になったアイテムの一つです。

調理器具でいえば、ステンレスターナーやゴムベラや計量スプーンも私は100円ショップのものをずっと使っていて、この手の調理器具は手に馴染むものである限り、耐久面でそんなに損することはないと思われます。ただし、プラスチック製の計量カップは一度簡単に割れてしまったことがあったので、ものによるかもしれません。

長年使い続けている100円ショップの日用品といえば、布団バサミです。二個セットのものを買ったものの、いずれちゃんとしたものに買い換える必要があるかなあと思いながらずっと使っていたのですが、三年くらい経っても割れたりバネが弱くなったりもせず、かなり信頼の置けるものではないかと思っています。

逆にあまりおすすめしないのは手鏡です。100円ショップ製のものはあまり頑丈ではなく、三回くらい割っていますし、他人の家でも一度割れたところを見たことがあります。お風呂掃除用の柄付きスポンジも結構厄介で、使っていると接着面が剝がれてしまうことがよくあります。単純なプラスチックやステンレスの成形品ではない、複雑でパーツの多い日用品は、やはり長持ちしない傾向があるみたいです。

こうした日常の些細な生活の知識を書き記しておくと、自分の記憶にも役立ちますし、いつか異世界に飛ばされたときに大いに参考になります。このあとがきも、自分のスペースを生活メモに役立ててもらってあの世で喜んでいるでしょう。異世界全日本大会編は本巻で完結となります。また機会がありましたら、ぜひエグゾドライブをよろしくお願いいたします。

電撃の新文芸

超世界転生エグゾドライブ02
-激闘！　異世界全日本大会編-〈下〉

著者／珪素
イラスト／輝竜 司
キャラクターデザイン／zunta

2021年5月17日　初版発行

発行者／青柳昌行
発行／株式会社ＫＡＤＯＫＡＷＡ
〒102-8177　東京都千代田区富士見2-13-3
0570-002-301（ナビダイヤル）
印刷／図書印刷株式会社
製本／図書印刷株式会社

【初出】……………………………………………………………………………………………
本書は、カクヨム(https://kakuyomu.jp/)に掲載された『超世界転生エグゾドライブ　-激闘!異世界全日本大会編-』を加筆、修正したものです。

ISBN978-4-04-913533-6　C0093　Printed in Japan

ファンレターあて先
〒102-8177
東京都千代田区富士見2-13-3
電撃の新文芸編集部
「珪素先生」係
「輝竜 司先生」係
「zunta先生」係

この物語はフィクションです。実在の人物・団体等とは一切関係ありません。

異修羅Ⅰ
新魔王戦争

全員が最強、全員が英雄、
一人だけが勇者。"本物"を決める
激闘が今、幕を開ける——。

　魔王が殺された後の世界。そこには魔王さえも殺しうる修羅達が残った。一目で相手の殺し方を見出す異世界の剣豪、音すら置き去りにする神速の槍兵、伝説の武器を三本の腕で同時に扱う鳥竜の冒険者、一言で全てを実現する全能の詞術士、不可知でありながら即死を司る天使の暗殺者……。ありとあらゆる種族、能力の頂点を極めた修羅達はさらなる強敵を、"本物の勇者"という栄光を求め、新たな闘争の火種を生みだす。

著／珪素
イラスト／クレタ

電撃の新文芸

Unnamed Memory Ⅰ
青き月の魔女と呪われし王

著／古宮九時
イラスト／chibi

読者を熱狂させ続ける
伝説的webノベル、
ついに待望の書籍化!

「俺の望みはお前を妻にして、子を産んでもらうことだ」
「受け付けられません！」
　永い時を生き、絶大な力で災厄を呼ぶ異端——魔女。強国ファルサスの王太子・オスカーは、幼い頃に受けた『子孫を残せない呪い』を解呪するため、世界最強と名高い魔女・ティナーシャのもとを訪れる。“魔女の塔”の試練を乗り越えて契約者となったオスカーだが、彼が望んだのはティナーシャを妻として迎えることで……。

電撃の新文芸

EDGEシリーズ

神々のいない星で

僕と先輩の惑星クラフト〈上〉

著／川上 稔

イラスト／さとやす（TENKY）

チョイと気軽に天地創造。
『境界線上のホライゾン』の
川上稔が贈る待望の新シリーズ！

気づくと現場は１９９０年代。立川にある広大な学園都市の中で、僕こと住良木・出見は、ゲーム部でダベったり、巨乳の先輩がお隣に引っ越してきたりと学生生活をエンジョイしていたのだけれど……。ひょんなことから“人間代表”として、とある惑星の天地創造を任されることに!?　『境界線上のホライゾン』へと繋がる重要エピソード《EDGE》シリーズがついに始動！　「カクヨム」で好評連載中の新感覚チャットノベルが書籍化!!

電撃の新文芸